你一个人过得好吗

陈末 ——— 著

有些人，不必再牵挂，
有些人，不必再等候，
有些事，也不必去怀念，
时光会替我记得，在最好的年纪里我们曾相爱。

而那些年里，
所受的伤，
所流下的泪，
那些夜里喃喃而出的名字，
都是我们记忆深处最好的回忆。

"爱情是什么？"
"爱情就像刷牙一样。"
"为什么？"
"你刷牙是给别人看的吗？"

喜欢一个人从来不需要理由，
有的人看上那么一眼就是想要拥有。

我们其实早就已经过了耳听爱情的年纪，
爱不爱挂在嘴边早就没了什么意思，
相反，将柴米油盐过到极致倒是很难的。

爱情这东西，
能够得偿所愿的人，都是幸运的人。

生命就像一场等待，
而等待的人永远不会来。

序言

可能我就是这样一个人吧

　　常常在深夜喝酒,有时很孤独,却又庆幸圈子干净。现在的生活跟小时候想象的还是有些差距,但生活就是如此,不能"强生活所难"嘛。

　　前段日子处于人生低谷,从来没想过有一天自己会对着麦克风说不出话。但收到很多很多粉丝私信的时候,一条条翻下去,我的眼睛越来越湿,觉得这个世界还是温暖的,你们还是温暖的。谢谢你们这么爱我。

　　我的心愿没有世界和平那么伟大,我只想我的每一位听众和读者都能快乐健康地长大。

我写每一篇文章，都好像在做梦一样。教室里、操场上、工作场所，写下每一段话，我都站到了记忆中那个场景里，生怕错漏了某一个细节，害怕没能让你们与我感同所感、知同所知。每次写完一篇都要抽好久的烟来沉淀，每次都需要好久来让自己脱离。

但是还好，好像自己经历了一场手术，手术的过程就是将自己的心剥出来。你们觉得会是千疮百孔还是鲜红跳动？

以前觉得任何事情都很重要，你们怎么看我、喜不喜欢我，甚至微博多少点赞和评论我都会很在意。没人点赞的时候，会觉得你们不需要我了，现在的生活已经开心美满幸福，再也不需要通过听电台来排忧解闷。我一方面很害怕，一方面又真的很开心。

所以微博里每一个对我取消关注的人，我相信他们现在都很幸福。如今听众减少了，直播连线少了，换作以前会很难受，现在突然发现，很少有一个人会陪另一个人直到永远，但是，不管你已经长大成熟度过了迷茫期，还是你找到另一半幸福下去，陈末都会永远在这里，如果能想起我们彼此温暖的时光，你回头，我一直都在。

想起四年前自己青涩的声音，感谢自己也感谢你们让我坚持了下去。前段日子，绝望到想死，常在录音室里半天憋不出一个字来。每天都怀疑自己，酗酒度日，常在录音室里急得狠狠地捶自己的脑子，怎么这么笨，这么笨……

后来走了很远的路，去了很多地方，直播搁置了一段时间之后，莫名发现自己好了起来，就像豁然开朗一样。如果你要问我去了什么地方、怎么治愈的，抱歉，我暂时还不能告诉你。因为每个人在最伤心难过的时候都会消失一段日子，你永远不可能知道他去了什么地方，干了什么事情。因为这只是一个关于伤痛愈合的秘密。

或许等你某天觉得生活很难熬的时候，就知道我去了哪里了。

因为我觉得每个伤心的人去的地方都一样，都叫同一个名字——愈合。

今年是我做电台的四周年，没想过自己会坚持这么久，都是你们给我的动力。我会坚持做到五周年、十周年、二十周年，甚至更久。直到声音苍老、头发斑白，那时候就需要恳求你们容我休息一下，容我退休种种花草，钓钓鱼虾。你们那时候可能脸上也爬满了皱纹，走路颤颤巍巍需要拄上拐杖。嗯？不是吗？

可能我就是这样一个人吧，一边喜欢怀念过去，一边喜欢幻想未来。

~ 03 ~

写这些故事的时候多数是在深夜,只有末末陪着我。现在回头看看这些稿件,心底那份执着彻底释怀了,故事的主角换了又换,我生命里的主角出场又退场,最后只剩下我自己这个主角。没什么事情是过不去的,也没有什么人是一定要等的,你都把自己感动了,还奢求什么呢?

记得在北京的时候,晚上睡不着觉,手机里反复播放尧十三的歌,情绪突然崩溃,想打电话给爸爸,跟他讲我在北京过得一点儿都不好,我想回杭州,我想回家……

越想越难受,开始号啕大哭,一个人在这座陌生城市的出租房里,没有人会安慰我,我一边哭一边望着天花板,可能是不想让眼泪滚下来。自己骨子里还是藏着坚强。打电话给朋友,朋友没接。过了十来分钟,朋友回我微信:"怎么了?"

我回他说"没事",擦干眼泪后继续发呆望着天花板。

你看,有些矫情只能留给深夜,其他人都很忙,没有时间来管你今天是开心还是难过。

有时候就是会突然脆弱,好像终于绷不住了一样。但是哭完之后还是继续坚强了下去,长大是孤独的,长大的那一瞬间也是。

我可能就是这样一个人吧,偶尔矫情,但大多数时候大家都会看到我傻乐呵。我时不时会突然高歌两声，然后沉溺在自己的世界里。人间不值得，但快乐很重要。

朋友越来越少，微信好友却越来越多。每天睡得很晚，起得也很晚。有句话说得好，活在过去的人是很可悲的。我却要在回忆里一遍遍反省和打磨自己，到底那些在岁月的洪流里丢失的人是因为自己还是别人的原因？但总是会想不通，好像命运该留下的人都还在，该遇见的人都还会来。

不用去刻意勉强自己挽留住每一个人，也不用去刻意给未来的 Ta 画出模样。

常把自己关在家里，点一份外卖，听听歌，或者听自己的录播。简单的生活不过如此。有时候某一瞬间会很通透，但真正放到场景里又会重新变成白痴。

那我们说好啊，对未来的人不去刻意强求和面对，也不刻意去挽留和期盼。

但仍要期待一下爱情的样子，因为世间最美的东西不过如此。

最后，希望人生里的主角都能好好的，不只是在书里。

目

序言：可能我就是这样一个人吧 /01

无相欠，怎会相见 / 001

爱情就像刷牙一样 / 016

猫可以证明我爱你 / 028

遇见和被遇见 / 041

物是人非皆是你 / 056

孤独即是空白 / 067

迟到七年的爱情 / 091

录

等待"戈多" / 108

阿亮阿亮 / 123

坚强的锤子 / 139

备胎姑娘 / 150

4月是她的谎言 / 161

新白娘子传奇 / 177

父母的爱情 / 186

末末不听话 / 199

人生总有一场悲欢离合 / 213

真希望一场暗恋可以等来一场桃花开，
你小心翼翼喜欢的人，恰好也在偷偷地喜欢你。

无相欠，怎会相见

"又下雨了，陈末把窗户关小一点。"诺诺在里边喊道。

诺诺算得上是我的一个学妹，在北京上学，毕业以后没留在北京，而是回到杭州，开了这么一间小店。她知道我回到杭州，总是有事没事喊我过来帮帮忙，我不好拒绝，看她一个女孩创业不大容易，就来帮忙，闲的时候坐在店里写写稿子。

"陈末，这个东西要这样放才对。"

"陈末，你怎么又没有把桌子收拾好啊？"

……………

你一个人过得好吗

诺诺是一个典型的处女座,所以很多时候,她总是有这样那样的问题,到头来还是她亲自动手。有一天,她突然跑过来说:"陈末,你需要素材吗?"

"不会是你的故事吧?如果是的话,我想就不需要了。"我白了她一眼。我们从小玩到大,她家就住在我们家旁边的小区,她,我是再了解不过了,要是写我知道的那点儿事,我想我这本书应该会死得很惨吧。

她捶了我一拳,然后不屑地说道:"关于我,多的是你不知道的事。"

她接着冷哼一声,坐在了我的对面,那架势不管我听还是不听,她都要说的样子。

"你知道我毕业为什么不留在北京吗?"开头是一句问句。

"还不是因为你跟没断奶的小孩一样,离不开家呗。"这话一说完我就后悔了。她差点就拿桌上刚冲的咖啡来泼我:"陈末,你好好说话会死啊?"

我点点头又摇摇头,然后干脆放弃了,停止码字,无比认真地端着满满一杯的焦糖玛奇朵看着她,装作一副无比虔诚的倾听者的样子。

"其实在北京我过得很快乐也很不快乐。"她眨了眨眼睛。诺诺睫毛很长,所以眨眼睛的时候格外好看,尤其是下午三四点钟太阳光照射下的样子。

"因为快乐是他给的,不快乐也是。"

"他?哪个他?"我脑子一阵抽搐。这丫头身边的异性简直多得要命,朋友圈里一抓一大把,细细考究,我还真的不知道是哪个他。

"他,就是那个最特别的。"诺诺看我正翻她朋友圈,紧接着便说道,"你别翻了,他不在那里,他只在我心里面。"

我默默地将手机放下,看着她,突然很好奇究竟是什么样的男生能够把诺诺迷得七荤八素,要知道诺诺从不轻易喜欢一个人,或许是处女座天生没有安全感,所以在遇到感情时,总是见三个喜欢两个,要说那种喜欢其实也没有多喜欢,顶多算是好感。而能从她嘴里说出来,那绝对不是好感那么简单。

1

诺诺在北京念大学的时候,怎么说呢,属于萌汉子,就是那种能耍赖卖萌,也能当学生会主席在大会上对每一个人破口大骂的类型。

所以很多人面对她的时候会感到很迷茫,生怕在她对你嘟嘴卖萌的时候,下一秒突然大发雷霆给你一个大嘴巴子。但也正是这个原因,让很多男生对她欲罢不能,她身边总会有一些男生绞尽脑汁想要讨好她。她大多保持着一定的距离,你来我往,友善相处。

只有大成,她看到大成的那一刻,觉得阳光格外闪耀,春风十里,身体某一处好像在冒粉色的泡泡。

诺诺经常利用学生会主席的便利,去搭讪低年级小帅哥,常让长得帅的人帮忙抬东西、布置活动之类的。

诺诺这个习惯也是从小就养成的,因为我从小就蛮好看的,当时是"杭州释小龙",至于为什么现在是"杭州彭于晏",是因为更匹配我现在的颜值。诺诺就常来我家门口叫我帮她干体力活,不是给她拉皮筋让她跳,就是给她当病人检查身体。所以我很怀疑诺诺小时候的智力。

诺诺让小学弟搬箱子的时候,看到大成站在一边应该是在等人。诺诺愣住了,脸上的表情瞬间组合成了花痴的形状。

不知道大成看到诺诺表情的时候是什么反应。

后来诺诺不知道耍了什么手段,两人竟然就在一起了。这令诺诺的无数追求者扼腕叹息,并且纷纷感叹原来女神是喜欢这一款的。

丘比特这次对大成偏心了,因为大成虽然是学弟,但是学得不行,长得也不行,而且体重跟身高严重不匹配。大成身高一米七整,体重一百八十整。其实在我身边的人包括诺诺,体重数比身高数还高的还真没见过。

诺诺属于靠脸吃饭的那一类,竞选学生会主席的时候,据说当时演讲的主题就是"我长这么好看,不当主席可惜了"。

这简直就是对其他竞选者赤裸裸的打击,但是她还是以高出第二名几十票获胜。让人不得不感叹这个社会的肤浅。而且诺诺充分利用自己的优势胜出,据说那个有才华又有实力但是没有颜值的第二名当场掩面哭着跑出了教室。

诺诺和大成谈了恋爱之后,让人觉得是天上掉馅饼了,只是馅饼将诺诺的脑袋砸晕了。他们俩走在校园里,诺诺看大成的眼神中有迷恋、崇拜,大成不卑不亢,但是对诺诺无限宠爱。

2

常帮追求诺诺的男生带口信的室友不高兴了,说诺诺应该只是一时兴起,看帅哥看多了,现在看到一只蛤蟆觉得有些新奇,所以跟大成谈了恋爱。

诺诺不高兴了,说大成人其实很憨厚老实,而且最主要的一点就是对诺诺好。

那时候诺诺念大四,大成念大三。两人互相串课,总是形影不离,在校园里是一道风景。就跟《从你的全世界路过》里的猪头和燕子走在学校里一样。

虽然丘比特不公平,但是上帝是公平的。没给大成很好的肉身,却给了大成很好的灵魂。

所有人都不知道,大成其实是诺诺的初恋。虽然诺诺表面看起来放浪形骸,但内心对感情很执着。诺诺看到大成的第一眼,其实是看穿了大成的灵魂,一眼认定他是个值得好好托付感情的人。

我第一次看到大成的时候是在饭馆,诺诺依偎在大成的怀里跟我介绍说:"陈末哥,这是我男朋友大成。"

大成在一旁笑成了岳云鹏:"末哥,你好。"

然后起身帮我们点菜,用开水烫碗,分好餐巾纸,给诺诺和我摆好餐具。我跟诺诺在一旁有说有笑地聊天。其实当时我对大成的印象分从零加到了四十分。这是个体贴细心的男生。

据传诺诺学校里有个赌局,说诺诺跟大成谈恋爱不会超过两周。可想而知,这个赌局都传到了我的耳朵里,大成能不知道吗?但是大成不反驳任何一个人,好像是想用实际行动打每一个人的脸。

大成常在女生寝室楼底下等诺诺下楼,一些女生经过的时候,会细细碎碎地念叨几句,诺诺怎么这么没品啊!只是几个字,但是每个字都像刀子一刀一刀地扎在大成的心上。如果换作是我的话,她们应该会被我骂得很惨,至少我会瞪她们两眼。但大成忍住了,甚至回对方一个微笑。

但男生寝室就不一样了,直男们的思想观念就是能动手绝不瞎吵吵。大成不是在洗澡的时候无缘无故地没水,就是暖水壶常被打碎,甚至大成在寝室过道上也会被一些人撞,大成的床上常有一些来历不明的污渍,拖鞋鞋底常被弄断……这下再没脾气的人也会爆发。站在自己床上大喊一句,你们是不是以为我真好欺负!然后大成就被拖下来,被三个人像斗地主一样打得鼻青脸肿。

诺诺知道这件事情之后,马上要去找所有人报仇,并打算在校广播站播一句:"谁他妈再欺负我家大成,老娘弄死他!"但被大成拉住了。这次风波随着大成的忍气吞声也不了了之了。

大成随后在校外租了一间房子,搬出了寝室。

3

诺诺有一次回杭州办事,约我出来吃饭。我刚想在饭桌上问她跟大成现在分开了没有。大成满身大汗地跑进来:"诺诺,你说的那个白酒我没找到,我就给你爸买了两瓶茅台。"

我有些疑惑地问:"你们俩这是要回来见家长吗?"

诺诺很坚定地只回答了一个字:"嗯!"

大成在旁边依旧笑成了岳云鹏。

诺诺跟我说她不仅确定大成是她可以托付初恋的人,

更是可以托付终身的人。我觉得诺诺这次冒的风险有些大。

那天晚上我们喝得有点多，诺诺眨巴着长睫毛的眼睛起身上厕所了。我跟大成坐在饭桌上有些尴尬，毕竟我也不是个很擅长交际的人。虽然在直播间话很多，但生活里也是一个比较闷的人。只是跟熟人会比较聊得来，所以期间一直是我跟诺诺在讲话，大成在一旁一边为我们添酒，一边为诺诺擦桌子上的汤汤水水。

大成很憨，对着我一会儿笑成郭德纲，一会儿又笑成岳云鹏。我只好问他关于恋爱的事儿。"听说你搬出寝室，在外面租房住了？"

我知道那件事情的缘由，但是我还是想听听大成的看法。

大成接下来说了很长一段话：

"我知道流言蜚语太多了，我一个人挡不过来，还不如用这一身肉将恶言恶语反弹回去，只要诺诺不受到伤害就好。我肉多，只要自己能撑起一片天地，让诺诺有个地方躲就好了。

"诺诺平时在学校当学生会主席风风火火的，其实私下里经常被同学急得在我面前哭鼻子。你爱看《功夫熊猫》

那部电影吗？我想等自己修炼成神龙大侠，就可以让诺诺不受任何伤害了。而且……"

看来只要有关于诺诺的话题他就很会聊。大成看到诺诺还没回来，就去洗手间找诺诺了。在这里，其实我对他的印象分已经从四十分涨到了七十分。

吃完饭后，诺诺不胜酒力，大成提着大包小包先将诺诺扶到旁边的酒店，我陪他提一些应该是第二天要送叔叔阿姨的礼品到酒店，大成将诺诺安顿好后，执意要陪我下楼送微醺的我上出租车。

我回到家，看着诺诺家的方向，心里对大成的印象分提到了八十分。

第二天，诺诺精神饱满地来我家，喊我去她家吃饭。等我跟诺诺快到家门口的时候就闻到一股香味，进门就看到大成围着围裙在厨房里忙来忙去，诺诺爸妈在沙发上望着厨房的方向点点头。客厅的桌上摆着茅台还有各种礼品。

会做饭的男生总归不会太差。我又将大成的印象分提到了九十五分。

4

　　大成能将细节做到心坎上，不多不少刚刚好，就和他的手艺一样，没有直冲味蕾的体验，但是细嚼慢咽会回味很久。

　　我对大成的印象分随着见面的次数在直线上升，相信校园里的其他人也一样。很多谣言不攻自破。他们依旧恩爱。

　　在我对大成的印象分几乎达到满分的时候，在我都以为一个人的灵魂真的能冲破肉身的禁锢的时候，在诺诺爸妈都默认了这是个好小子的时候，诺诺却累了。

　　好像诺诺对大成的分数，从她第一眼见到大成起就在减少。她似乎能明白大成的肉身里到底装着一个怎样的灵魂。

　　我的咖啡喝完了，诺诺打算给我续上，我怕喝诺诺冲的咖啡太多了会昏死过去，诺诺冲的焦糖玛奇朵太难喝了，糖比咖啡还多，而且不知道哪儿来的一股煳味，果然没辜负焦糖两个字。

　　主要是我没想到诺诺会将大成提出来，诺诺每谈一个男朋友都会带给我看，好像她的幸福权被我掌握一样，需

◆ 你一个人过得好吗

要我审查批验才能通过。

只要我不满意的男生，诺诺肯定会和他在一起。诺诺就是爱和我唱反调，她觉得我没看准大成就是很好的例子，所以一直觉得我的眼光不太好。

诺诺跟大成分手了，虽然当初很多人都觉得他俩好不了多久，但是他俩恩爱的程度打了很多人的脸，所以久而久之很多人就将诅咒变成了祝福，但就是在这时候他俩分开了，让很多人多多少少有些痛心。

诺诺将大成带回家的时候，她即将毕业，大成即将升入大四。

过了两个月诺诺就离开校园了，这个学生会主席没想到还赶在大四的尾巴谈了一场"黄昏恋"。诺诺也顺利被北京几家公司送来了offer，还都是国企，前途一片光明。本来一派祥和，未来好像就在眼前。

但是大成不同意了，自己的未来还不知道在什么地方的时候，诺诺已经在奔向未来。这并不代表大成不爱她，只是两个人的磁场不一样，大成从未有过的自卑冒出来了。或许也是大成在诺诺面前的自卑在一点点积累，这回终于积满了。

大成叫几个哥们儿出去喝酒,说:"你们知道吗,大家都以为我捡了个便宜,但是感情里自卑是很可怕的,总觉得自己配不上她。我能骗自己的外貌和诺诺不匹配还可以用灵魂来弥补,但是我骗不了未来,我的未来跟诺诺配不上!"

哥几个不知道如何安慰,因为他们都没跟像诺诺那样闪光耀眼的女孩谈过恋爱,只能随便无力地安慰几句。

大成接着说:"不管我如何努力,诺诺好像都在我追不到的前方,你们懂夸父追日吗?就是这种感觉。"

大成的啤酒顺着脖子流到胸口,他干脆脱下衣服光着膀子,露出了从未有过的狰狞。大成大喊了一句:未来简直就是傻×,老子还没毕业就要被迫面对未来,诺诺简直就是傻×……

下一句话大成还没喊出来,诺诺不知道什么时候已经站在他身后,桌子上几个人不敢说话,只能一个劲地努嘴。

大成本来想一把抱住诺诺,但诺诺将满身酒气的大成推开了。

随后诺诺一句话没说,跑了,大成没追。

5

诺诺毕业后，没去北京的国企报到，而是回到杭州自己开了一个小店。

谁都不知道原因，放弃美好前途不要，本身毕业就比其他毕业生的起点高好多倍。但是诺诺就是放弃一切什么都不要了。

诺诺回杭州自己开店之后，刚开始生意还不错，后来人就渐渐变少了。原因是她好看，但诺诺好像并不为赚钱而开，来客人也不怎么关心，自顾自地忙着。

诺诺常叫我去她店里小坐，其实哪里是去坐，只是去帮忙做苦力。

偶尔会有几个自称是诺诺男朋友的来店里找她，诺诺打发他们走后，跟我说只是几个追求者。我看很多其实条件还不错，就劝诺诺放下过去，展望未来。

诺诺跟我说，现在她一个人的时候偶尔想起大成给她讲的笑话还是会笑出声来，即使大成不在身边。

我现在突然有些明白诺诺为什么回杭州开店了。我有段时间状态很不好，去云南逛了一圈，在丽江，有几家小店的名字是"那是丽江""我在丽江等你"……

我好像也突然明白了店里来了客人，诺诺为什么却自顾自地忙了，因为她开这家店不是为了等客人，而是为了等大成。

诺诺说，我优秀了一辈子，难道就不能为一个人颓废一下吗？

说出这句话的时候，诺诺眼里的泪水在打转。

诺诺的小店有一个很贱的名字叫：欠见。

她当初跟大成没说分手两个字，虽然诺诺回了杭州，虽然诺诺身边有很多异性朋友，虽然诺诺将大成的微信删了，虽然……但大成只要来杭州找她，我相信诺诺一定会喜极而泣。

纵然有无数个"虽然"，只要有你一个"但是"就够了。

诺诺的店名下有一排很小的字，不细看根本看不到，那句话是"若无相欠，怎会相见"。

● 你一个人过得好吗

爱情就像刷牙一样

"爱情是什么？"

"爱情就像刷牙一样。"

"为什么？"

"你刷牙是给别人看的吗？"

L小姐坐在我对面，拿着一杯白开水，她这个人也像一杯白开水那样，虽然第一口索然无味，但仔细喝却能感到一丝丝的甜。

我调侃她："你不会一个人在东京那么多年，一场恋爱都没谈吧？"其实L是那种耐看的女生，乍看不会惊艳到任何人，但是仔细看，发现越看越好看，所以我说她像白开水，也只有白开水才最解渴。

L小姐顿了顿，将手中的水杯慢慢放下。我跟L小姐是高中同学，她在日本留学期间，我让她帮我代购过不少东西，这次她回国，为了答谢她，特意叫她出来坐坐，然后再吃个饭。

其实我觉得一个人在异国他乡是最容易发生一段感情的，因为无所寄托，所以爱情发生的概率会大大增加。L小姐露出苦笑的表情，然后摇摇头，笑着说道："陈末，我发现你这个人很八卦。除了喜欢买买买，现在居然对这些也感兴趣了。"

我不依不饶："那是有还是没有啊？"

L小姐将水杯重新攥在手里，隔了好久，她才开口讲话。

"第一次看到他是在学校操场，跟所有庸俗爱情小说一样，他穿着白衬衫，顶着阳光在打球，看到他的那一刻我就动心了。

"其实他也不是很帅，但是有一种很奇妙的感觉，朦朦胧胧的，心跳加速，手心出汗，一眼万年。

"这大概就是一见钟情吧。讲真,对他其实有着一种人类的原始冲动,其实已经很久没有这种感觉了。"

即使多年以后回想起来,L小姐还是会微微出神。就好像很多女生的青春里总会有那么一个白衣少年。他阳光、帅气,一眼万年。但是这样的少年,往往都活在回忆当中。

那时候L小姐孤身一人在日本求学,大部分时候是一个人独来独往,所以时常感到孤独,日子也是家和学校两点一线。

其实很多留学生都是那样,在一个陌生的环境,还要学着照顾好自己,异国他乡,没有经历过是没有办法想象的。在狭小的日式屋子,那间屋子我在她朋友圈里见过,除了睡人还真的没有什么地方可以容纳第二个人,可就是那样,L小姐总是能给原本已经很苦的生活那么一点甜。

但是从那天开始,L小姐每天去学校都会很开心,能看到他似乎是L小姐上学的动力,上课的时候会靠在窗边看看操场上有没有他的身影,下课了会去公园、小卖部,甚至是男厕所制造和他的偶遇。像陷入情感旋涡中的所有小女生一样,L小姐用所有拙劣的方式想要演绎一段感情。

有时候碰面了,他也从来没有看过L小姐一眼,L小姐对他没有别的想法，其实是没敢多想。

她认为真正喜欢一个人，能跟他呼吸同一片空气都是满足的，所以这些反倒是其次的。

日子就像白开水，即使烧开了也不会有什么味道。

依旧是上学，看他，放学，平淡而知足。

某天放学到家，L小姐接到朋友电话说一起出去玩，她不是一个特别能融入集体的人，所以第一反应是拒绝，但是朋友跟L小姐说，他也在。

心脏好像被什么物体击中了一样，漏跳了半拍。

"喂？你在不在听？"

电话那头的朋友问道。

"哦哦，在哪个地方？几点到？"

"××酒吧，现在就可以过来了，你到了打电话给我，我来接你。"

挂了电话，L小姐在原地愣了五分钟，呆呆地低头看手机。

她好像有点后悔了，后悔刚才为什么这么冒冒失失地答应人家，即使去了也不能怎么样吧。

但是脑子里有另一个声音在说：你想就这样卑微地站

你一个人过得好吗

在角落里看人家一辈子吗?你这个懦弱的人。

L小姐咬了咬嘴唇,抬头看了看天花板,像是做了很艰难的决定。但是这个决定她已经做了,所以想多了也没有什么实际意义。她洗了一把脸,化了一个浅淡的妆容,然后换了一条平时不大穿的裙子。

出门的时候,L小姐却后悔换了裙子。8月的东京总是在下雨,L小姐打着伞站在酒吧门口,还在想等会儿见到他应该说什么。

手机铃声响起,接起来是朋友的声音。你快进来,靠近墙边的位置,我现在肚子有点不舒服,先上趟厕所。然后电话那头就没了声音。

L小姐找到了位置坐下,旁边的人不多,有四五个别的班级的男生,没有朋友的陪伴,她有点小心翼翼,独自一人坐在角落。

"你好,请问你需要帮助吗?"

"いいえ、大丈夫です(不,没事)。"L小姐的日语脱口而出。或者说是L小姐已经习惯用日语生活。

过了一会儿,她才反应过来,低着头讲话好像有点不礼貌，抬起头说："不好意思，习惯讲日语了，你也是中国人吗？"

这是她第一次和他四目相对，仿佛看到了他的眼里有一片海，清澈见底、波澜不惊。只有她自己知道，她已经在很努力地平复自己的心情了。

他笑笑："是啊，我刚刚在旁边跟别的同学玩，看到你一个人坐在角落，又不是很熟悉，所以想来问一下你是否需要帮助。"

心脏好像又被什么东西撞了一下，L小姐突然感到有点头晕，赶紧站起来说："没事没事，谢谢你的关心。"

他很绅士地说："你不用这么客气的，没事就好。"然后坐在了L小姐旁边。"出来玩，最重要的就是开心。"他顺手递给L小姐一个酒杯，说实话，L小姐来到日本很少再喝酒了，因为找不到可以静下来一起把酒言欢的人。她象征性地抿了一小口，然后又将酒杯握在手里。

看得出那个男生很想摆脱这个窘迫的局面，因为他在不停地找适合L小姐的话题。

手足无措、惊慌失措、兵荒马乱……这些词语是L小姐当时能想到的全部。

◆ 你一个人过得好吗

她捏着衣服的一角,急促地呼吸。

如果不讲点其他什么的应该会很尴尬吧,赶紧说点什么啊!

她问他,××去哪里了?他说,她好像喝多了吧,应该在厕所。

L小姐说:"那我去找她吧。"起身就要走。

"你知道厕所怎么去吗?"他问道。

L小姐傻乎乎地愣在原地:"不知道……"

他走到L小姐的面前说:"跟着我。"那一瞬间,L小姐觉得很踏实,第一次在这个陌生的地方,充斥着安全感,那种不安定感此刻不知道跑到哪里去了。

灯光交织,音乐四起。

旁边是熙攘的人群,前面是那个让她心动的人,那一瞬间,好像外面的世界与他们再无关联。L小姐很享受那个时刻,那一刻是属于他们独一无二的时光。

"到了,你进去吧。"

他突然停下来,因为在后面看他太专注,L小姐和他撞了个满怀。

她向后倒去,他转过来奋力抱住她,那是他们两个人距离最近的一次。

"偶像剧也不过如此吧?"L小姐眯起眼睛问我。

我哈哈笑两声说:"你继续讲。"其实我还是蛮期待的,因为我之前跟L小姐讲过,最近自己筹措新书,到时候一定要将身边几个朋友的故事全部收录进去,这样等我们七老八十的时候再翻出来,该是一件多么有意义的事情啊!

"后来我和朋友一起回家,第二天上课的时候,朋友跟我讲,昨天他来问我的联系方式了。"

"于是你朋友把你的联系方式留给了他,再于是你们就发生了一段完美的异国恋,然后相互依靠。所以,你们在一起了吧?"

"好像没有吧。"

"什么叫好像?"听到L小姐的这句话,我真的是服了她,在一起就是在一起,什么叫好像没有,难道还整一个友达以上,恋人未满?

"意思就是大概他也喜欢我,但是最后谁都没说出来。"

L小姐接着说,其实有些喜欢未必要说出来。她说以前觉得喜欢一个人就会动用很大的心思,运用各种手段策略,后来发现你若是真心地喜欢一个人,是一点儿办法都没有的,那些什么方式方法只能用在不喜欢的人身上。

"所以呢?"

"在他面前,我小心翼翼,就像守着什么易燃易爆的东西,两个人彼此都喜欢对方,却唯独没有人敢捅破这层窗户纸,就好像两人都守着同一个秘密,却都怕对方察觉。"

"那这样没结果的暗恋算什么?"我问她。

"如果我能回去,我一定不会做那个懦弱的胆小鬼,可是因为家里有事,我就提前回国了,这段关系还没开始就已经结束了。"

"那你们还有联系吗?"

"我从日本走的那天是他送的我,那天在机场我们什么话都没有讲,到最后其实彼此都想说点什么,后来到了嘴边也就只剩一句再见了。"

"那回国后呢?"

L小姐摇了摇头:"回国之后,就没再联系了,他应该还在东京吧,而我现在在杭州,我们其实还有好多话还没来得及告诉对方。其实那些话,说不说都没有什么意义吧,因为该懂的自然会懂,不懂的多说无益。"

后来再见到L小姐,L小姐不等我开口,就主动说道:

"陈末，你知道吗，他联系我了，他还有三个月回国，他说他还没看过西湖，希望我能陪他看一看。"

其实我很不明白 L 小姐跟那个男生之间的感情，他们明明自始至终连一个爱字都没有提过，但却无比笃定对方是爱自己的。

后来听说 L 小姐见到了对方，两个人还是只字未提爱情，但是 L 小姐说："他说，他打算来杭州这座城市，因为这座城市真的很不错。"

我反问她："难道你就不想知道，他到底是不是因为你才留下来的吗？"

L 小姐摇了摇头："其实这些都不是很重要，重要的是他肯留下来啊。"

我不大懂，他们这种朴实的爱情，明明是因为喜欢到一定程度，所以才会为了一个人来到她所在的城市，或许是因为那个男孩真的不会表达自己，或许他决定留在这里只是偶然，或许是因为他不想给 L 小姐太大的负担，或许他在等一个合适的机会跟 L 小姐表明心迹。反正不管怎样，我没有办法去干涉别人的感情，毕竟在别人的世界里，我始终是一个看客。

你一个人过得好吗

得知 L 小姐结婚的消息是在几天前，L 小姐谈笑风生，然后拉着我说："你不知道的，他有多浪漫，他决定来杭州的时候就已经买好了房子，后来探听了我所有的喜好，然后把那座房子完全装修成了我喜欢的样子，而那套房子也是前不久他才带我去看的。"

"那他有没有说爱你？"

"他说比起说爱我，他更情愿用一辈子的时间去证明这件事。看到他将生活中关于两个人的所有小事料理得很清楚的时候，我就决定要跟他在一起很久很久。就好像，我们其实早就已经过了耳听爱情的年纪，爱不爱挂在嘴边早就没了什么意思，相反，将柴米油盐过到极致反倒是很难的。"

后来我想了想 L 小姐说的话，还真的有几分道理，其实两个人的事情没有那么复杂，两个人心知肚明就好，就好像那些天天把甜言蜜语挂在嘴边的人，他们真的有如他们说的那样爱对方吗？感情还真的不是秀恩爱就能秀出来的。如果爱真的需要用语言表达，那哑巴到底该怎么相爱呢？

我笑了笑，对 L 小姐说："那提前祝你新婚愉快，到时候你的婚礼我一定会去的,我倒对你那位素未谋面的未婚夫十分好奇呢。"

L小姐连连说好,从她的笑里,我也不难看出,她是过得真的幸福,因为嘴角的笑是不会骗人的。

"爱情是什么?"

"爱情就像刷牙一样。"

"为什么?"

"你刷牙是给别人看的吗?"

答案当然不是。

猫可以证明我爱你

在感情里我最不怕的就是距离，只要真正爱着，最后终归能在一起。深切的爱在那里，距离算什么？什么也不是。除非你们之间没有真正爱过，一切只不过是拿距离作为借口，只要深深爱着对方，无论相隔多远，都愿意追随他（她）而去。

我的听众给我讲了一个她发小的故事，这个故事也是让我坚定地相信爱情可以打败距离的原因。

前几天北京下雨了，我收到一条微信，是早就断了联系的发小，她说："亲爱的，我回国了。"

这消息看得我有些摸不着头脑，在我印象里，她高中毕业之后就出国留学，在美国边打工边读书，甚至刚去的第二年还谈起了恋爱，日子过得颇为舒服。我时常会刷到她的朋友圈，里面会晒一些好看的小西点、和男朋友的亲密照，以及对我来说各种陌生的标满英文的品牌护肤品。那时候我仍在国内的二本学校里埋头苦读，穷学生一个，每天的生活就是教室、图书馆、食堂，三点一线。所以每每翻到她的朋友圈，我都会快速地划过去，然后默默在心里吐槽一句：臭显摆。

按照她当时的状态，是绝对不会毫无理由就突然跑回来的。我也不知道她到底是哪里不对劲了，才会一声不响地买了回国的票，甚至还在上飞机之前给我发了微信。要知道，她自从出国之后，就很少跟我联系了，偶尔的微信互动也都是吐槽我毫无波澜的生活，讽刺我每天活得像个七八十岁的老奶奶一样。

我们俩几乎从在妈妈肚子里时就认识了。她爸跟我爸是同事，我们两家同住在一个大院儿里，隔壁挨着。长大之后听我妈说，小时候总觉得我们俩像是一个男孩一个女孩，都想给我们定娃娃亲了。我嗤之以鼻："就算我是男

你一个人过得好吗

孩子,也不会喜欢苏苏那种女生的。"我妈见怪不怪,一边收拾着我的桌子一边迅速岔开了话题,她知道,再说下去的话,我一定会像一只炸了毛的猫一样跳起来大声吐槽她。我们俩从小打到大,彼此的爸妈都已经习惯了。

她在国外的时候,经常忘记给家里打视频电话,有时候一个多月没消息,她妈妈就会跑来我家,让我帮忙联系她。也只有这个时候,她才会果断地挂掉我一个又一个电话,任凭我在这边急得跳脚,咬牙切齿地骂她。她妈妈和我妈妈也是一对闺密,属于相亲相爱的那种类型,凑在一起总有聊不完的天。

知道她要回来的消息,我第一时间就是截了个图发给我妈。果不其然,我妈一个电话打过来把我从学校叫回了家,说是苏苏回来了,让我去接她,晚上留在我家吃饭。不等我反驳,我妈风风火火地挂了电话,估计是买菜去了。我看着手机屏幕由亮变黑,默默地叹了口气。然后爬起来,简单收拾了几样东西,坐公交车去机场接她。

我比她的航班早到了十几分钟,在机场等她的时候,到达的出站口跑出来一个男生,高高瘦瘦的,只背了一个装着猫咪的双肩包。和其他有说有笑的人不同,他从出口跑过来，路过我身边的时候停顿了一下，疑惑地打量了我好几眼，又急匆匆跑开了。跟他对视的时候，我突然涌上来一股莫名的熟悉感，抬头看了一下航班信息，他应该是另外一班从美国飞来的飞机上下来的，跟苏苏前后脚。

虽然有些奇怪，可那男生早就跑开了，我也没有非要追上去问清楚的道理。于是继续低头无聊地刷着微博，直到听见熟悉的声音在喊我的名字，我才抬起头，揉揉酸疼的脖子，就看见穿着白T恤和小短裙的苏苏，拖着一只和她差不多高的箱子向我跑过来，接着，我被她撞了个满怀，然后她捏着嗓子跟我撒娇："哎呀，我在外面这么多年，最想你了。"

我翻了个白眼："你会想我才怪呢，跟男朋友潇洒的时候怎么没见你说想我？怕是早把我丢到九霄云外去了吧。"她仿佛听到了什么严肃的话一般，突然收起了笑容，一本正经地说："别提他了，我们走快点吧，我饿了。"我被她变脸的速度搞得莫名其妙，但也只能顺着她的脚步往机场外面走去。等车的时候，好像又看见了刚刚跑过去的穿牛仔外套的男生，但等我回头的时候，那抹影子又不见了，仿佛我的错觉一般。

◆ 你一个人过得好吗

苏苏拉了拉我的衣摆："看什么呢，是不是有好看的小哥哥？"我回过神，白了她一眼，没说话。晚上的时候，她被我妈强行留宿我家，跟我睡一张床，我强烈表示不满，被我妈一眼瞪回来之后，也就默默容忍了。她拉着我聊天，时不时还要怼我几句，说我没追求，每天只知道泡图书馆，还说我不知道抓住机会谈恋爱，导致现在仍旧是单身狗一只，没人愿意领养。

我困得不行，懒得反驳她，于是用行为抗议，把两条腿重重地压在她腰上。她仍然没停嘴，直到迷迷糊糊地问她："你这样一个人跑回来，你的小男朋友怎么办？"她突然就沉默了，等了好久，也没有等到她回复我，就在我马上要和周公约会的时候，她才低低地说了句："我跟他分手了。"我被她这句"分手了"惊得睡意全无，翻身起来拉着她问："怎么好好的突然分手了？你疯了吗？""是我提的，我不想跟他在一起了……"

黑暗里我看不见她的脸，但我听见了她嗓子里没掩饰好的哽咽，我坐在那里，等着她慢慢平静下来。有很长的时间我们俩谁都没有开口说话。彼此能听见对方浅浅的呼吸声，就在我几乎以为她可能已经睡着了的时候，她开口了，声音有些沙哑："他家里准备移民过去，已经买好房子了，他不需要我了。"

苏苏跟我讲述整个故事之前，我都以为她的男朋友跟她一样，只不过是个家境中上、成绩优秀的好学生罢了。毕竟苏苏刚认识他的时候是在地铁站，那天苏苏下课，正准备坐地铁去打工的餐馆，就碰见了他。当时他拿着地图和手机，用蹩脚的英语向路人问路。苏苏听着他有些好笑的口语，走上前去，用中文问他是不是老乡，男生当时就笑了，说大老远的碰见老乡真是不容易。

苏苏看了看他手上的地址，恰巧顺路，于是带着他一起坐了地铁。路上，男生把自己的耳机分了一只给苏苏，两个人就这么熟悉起来，互相交换了微信。

后来聊得久了，又因为同在异乡，渐渐生出了好感。每天男生下课之后都会去苏苏打工的餐厅，点上两份快餐，一边吃一边慢腾腾地等苏苏下班，偶尔在餐厅忙的时候也会跑过来帮苏苏洗盘子。这样彼此心知肚明的小暧昧持续了大概半年，直到苏苏搬了新家。搬家的时候他过来帮忙，苏苏住的是栋老房子，四楼，大箱子一个人搬不动，于是他就自告奋勇地扛起那只最大的箱子。哪知出门的时候因

◆ 你一个人过得好吗

为箱子太大，两个人被卡在门口，苏苏笑得上气不接下气，在背后用力推了他一把他才得以脱身。

苏苏跟在他身后，却被他肩膀上巨大的箱子挡住了视线，一个不小心，差点踩空楼梯。他一把拉住苏苏，两个人隔着箱子凑在一起，头抵着头，气氛忽然变得有些难以言说。男生突然凑过来，轻轻吻了吻苏苏的额头。两人之间的暧昧关系就这样宣告终结，开始明了了。

而苏苏也利落，干脆退了租，搬到了男生的房子里。

男生的小房间因为苏苏搬进来变得小了许多，两个人的东西摆在一起，虽然有些挤，但仍让他们俩开心了很久。苏苏说：“这样才像家，以前下课回来，总觉得房间里黑漆漆、冷冰冰的，现在虽然地方小了些，但回来的时候灯会亮着，有人等你回家的感觉真好。"

他们俩就这样谈起了恋爱，或许是独自出门在外的缘故，两人特别珍惜对方，几乎从没吵过架，即使有时候苏苏的坏脾气上来，冲他大吼大叫，他也只是买回来苏苏最喜欢的小甜点，哄她开心。时间久了，都懂得彼此的小心翼翼，谁也不会戳到对方的敏感点，于是也就不吵架了。

在一起第二年，有一天晚上苏苏下课回来，被一只角落里冲出来的小奶猫咬住了裤脚，怎么哄也不放，无奈，她只有将小猫拎回了家。他很高兴，抱着小奶猫问苏苏能不能把它留下来。苏苏也很喜欢小猫，更何况这个小家伙又是自己冲上来咬住了她的裤脚，所以她对它有了莫名的好感。两人意见达成了一致，就欢欢喜喜地抱着猫进卫生间给它洗澡去了。

养了小猫以后，两人不约而同地都提早了回家时间。有一次他去参加聚会，一向不醉不归的他回来的时候却异常清醒。苏苏好奇地问他为什么没喝酒，他蹲在地上拿逗猫棒跟猫玩，头也不抬地说："我舍不得让你们俩在家，我怕你跟它会害怕。"苏苏说，当时她看着蹲在地上认真逗猫的他，突然就生出了一种想和他在一起一辈子的念头。

我撇撇嘴："可能他只是舍不得猫呢？"苏苏从被子里伸出一只手，毫不留情地拍在我的后背上："你这个没情调的老处女。"我往边上挪了挪，没作声，她爬起来摸到了床头柜上的烟，坐在窗台上点了一根。忽明忽暗的火光和窗外昏黄的路灯将她的轮廓投在天花板上，我看着她有些生涩的吸烟动作，问她："后来呢？"

"后来，后来猫丢了……"

你一个人过得好吗

她强压着声音，可我还是听出了一丝哽咽，我闭上眼睛，幻想着那只活泼可爱的猫独自在外，找不到他俩时喵喵叫的景象，居然也有些难过。苏苏抽了抽鼻子，继续给我讲着故事。

那天餐厅的客人格外多，她打电话给他，让他早点回去给猫投食，他特别痛快地答应了。电话那边有些嘈杂，夹杂着一两句中文，她也没怎么在意，挂了电话继续自己的工作。好像那天的碗碟都格外油腻，苏苏洗了很久，觉得自己的腰都快要直不起来的时候，地上一箱又一箱的碗碟终于见了底。她伸了一个大大的懒腰，手上的碟子一个没拿稳滑了下去，溅起的白瓷片还划破了她的小腿。

经理见状，客气地跟苏苏说让她回去休息，并且让她不要放在心上，碟子不需要她赔。苏苏看着自己被划破的小腿，呆了一会儿。其实伤口不深，但暗红色的血流出来，像一条扭曲的虫子趴在她白皙的腿上。她总觉得，好像今天一定会发生一些不好的事情，不然自己怎么会莫名其妙地打破了碟子。

一路上苏苏都在心里默念着碎碎平安，可仍旧心神不宁，地铁还坐过了站。

仿佛就是为了映照苏苏的感觉，一推开家门，房间里的烟雾和嘈杂的说话声让她呆在原地，男生窘迫地站在门边跟她解释："不好意思，我爸妈突然带着我弟弟来了，我也不知道他们今天到……"苏苏深吸了一口气，强压住不适和愤怒："那我出去住吧。"说完，进房间简单收拾了几样东西，跟他爸妈客气地打了声招呼，独自出了门。

苏苏背着包，在路灯底下慢慢地走着，他从后面急匆匆地追上来，拉着苏苏问："这么晚你一个人能去哪里住啊？""我也不知道，出去看看吧。""我陪你一起。"他打了个电话给家里的父母，简短地表明了自己的去向后，挂了电话。

低头的时候，才注意到苏苏腿上的伤口："怎么受伤了呢？""哦，不小心把碟子打破了，瓷片溅到的，小口子，没什么事。""那也要处理啊，碟子不干净感染了怎么办？"他不由分说地拉起苏苏去了二十四小时的药店。

躺在宾馆的床上，苏苏突然问他："你爸妈突然过来是要接你回去吗？"他沉默了好一会儿，就在苏苏以为他不会回答的时候，他才开口："他们要移民过来，家里的手续办得差不多了，想让我跟本地的女孩子结婚……"苏

你一个人过得好吗

苏翻了个身,呼吸声渐渐地变轻。男生仍旧倚着床头,听着苏苏平缓的呼吸,轻轻叹了口气。他点了一支烟,没有吸,任由那一点火光在黑暗里明明灭灭。

他不知道,侧过身的苏苏并没有睡着,只是放平了呼吸来掩饰自己的眼泪。苏苏也不知道,背后的他也同样没睡,靠着一支点了又灭、灭了又点的烟挨了一夜。两人谁都无法先跟对方说分手,也不愿意苦苦哀求对方留下来,就这样僵着。

第二天苏苏先起来,收拾利落之后回了出租屋。男生的父母和弟弟应该是去吃早饭了,房间里没人,可门虚掩着。苏苏打开门,像往常一样轻轻喊了几声猫咪的名字,可并没有见到那只热情的小毛球跑出来,或许被关在阳台上了,她想。

她收拾好自己的常用物品,走到卧室打开阳台的门,见到的只是摆放整齐的猫窝和猫砂盆,仍然没有猫的影子。苏苏有些慌了,抖着手从口袋里掏出手机打电话给他:"猫丢了……"再也说不下去,蹲在地上放声大哭起来。

他急匆匆地从外面跑进来,看见蹲在地上哭得上气不接下气的苏苏,心疼地把她抱在怀里。他从来没有见过这么狼狈的苏苏,那时候她的眼影蹭在了他的袖子上,睫毛膏和眼线将眼睛周围染得乌黑。他摸着苏苏的头发,安抚她:"别着急,一定能找回来的,它可能只是淘气出去玩了。"苏苏深吸了几口气,止住眼泪,平静地说:"猫丢了,我们俩也结束了。"

说着她站起来,从衣柜里抽出一件白T恤换上,又跑到卫生间好好地卸妆洗了把脸。重新给自己化了妆,接着订了回国的机票:"我今晚就回家了,谢谢你的照顾,祝你幸福。"

男生没有拦住执意要走的苏苏,临走之前,苏苏点了一支烟,狠吸了一口,鼓着嘴巴凑近他的脸,将嘴里的烟雾慢慢度到他嘴里:"你好好照顾自己,别弄丢了。"看着他呆在原地,苏苏提起箱子逃也似的出了门。那条"我回国了"的微信消息,就是那时候发给我的。

"你就为了一只猫?"我有些理解不了,猛地从床上坐起来问她。她掐灭那支烟,从窗台上下来重新钻进被窝:"嗯。猫丢了,我们的感情也要散了,我不想留在那里独自面对。"我翻了个身,突然想到了什么,把她摇起来:"把你那只猫的照片给我看看。"

你一个人过得好吗

苏苏不情愿地从枕头底下掏出手机，找到相册："你自己找吧，我困了，要睡觉。"我看见她相册里面那张两人一猫的合影，男生的脸和机场里的那张脸重合在一起，突然明白了当时那个男生看我的眼神。他应该是记得我的样子的吧，我想着，有些激动。不顾苏苏的白眼把她揪起来："你别睡了，他跟你一起回来了！"她半眯着眼睛没搭理我，我继续晃她："我在机场看见他了，还带了猫，他把猫给你找回来了！"

苏苏马上睁大了眼睛，问我："你说的是真的？""我骗你干什么！"她翻身下床，无比利落地套上衣服，顺手还把我的衣服丢给我："快点，换衣服，陪我去找他！"

我无奈，心里默默嘀咕：要不是为了你的终身大事，谁要大半夜陪你找人啊……苏苏拉着我风风火火地出了家门，一路上不停打着他的微信电话，终于，电话通了。

他报了酒店地址，我们俩到门口的时候，果然看见那个穿牛仔外套的男生站在门口，路灯衬得他的半张侧脸有些好看，怀里还抱着那只被养得圆滚滚的猫。

遇见和被遇见

那天接到大庆的消息时,我正在准备晚上的直播,外卖横七竖八地躺在桌子上,可能是"末末"(我养的猫)想替我吃,它的前爪毫不顾忌地放在盒子里,我没心情收拾,心想着大庆说的:"陈末,她要结婚了。"

看着大庆这么说,隔着屏幕我都能够想象出大庆的完蛋样,我估计他脚下不是很多烟头,就是很多酒瓶。

我知道这个她是谁,大庆喜欢她好多年。我不说具体时间,是因为我觉得,不论是一年还是十年,得不到的爱,都等于零。

你一个人过得好吗

我打电话过去,那边很吵,大庆喊得都要缺氧了我也听不出个所以然,我索性把直播和末末放在家里,按照大庆发的地址找了过去,一见到他,果不其然,烟头、酒瓶到处都是,除了烟酒熏天的味儿,我还嗅到了一些其他的味道。

按照大庆的说法,那是伤心太平洋的味道。我看他还这么有精神煽情,那就是没醉。

大庆握着手里的酒瓶子,一股脑地往嘴里灌,我来不及抓住,就听他说:"我就是不甘心,就是不甘心啊。"

我不知道他脸上的是眼泪还是啤酒,我只知道这个一米八三的大个子男人,现在是个受了伤的小孩儿,摔倒了,我不扶他,他自己也能站起来,但一旦我拽他一把了,他一定会更难受。

问世间情为何物?我想大庆的情是长情,也是深情,但在轶澈那里都是友情。

说实话,这太残忍了,在这场友情之上、类似爱情的拉锯战里,必然有一方要成为无坚不摧的堡垒,在某一天被炸得粉身碎骨,今天就是大庆英勇牺牲的纪念日。他们这场拉锯战,开战了好几年,其间停战了一次,也就是轶澈要和他划清界限的时候，大庆就拉着我借酒消愁。

大庆愁什么我知道，但他不知道我愁什么，我总是感觉像浮萍，没有根，没有落脚处，那就一起喝啊，管他白的啤的红的，一杯下肚，全是水。

我撑着大庆一米八三的大体格子，摇摇晃晃地在路上走，他说想吹吹风清醒清醒，我谢谢他吐了我一身。

第二天醒来的时候，大庆在客厅里抽烟，末末趴在他脚边，我好像看到有菜叶子粘在它的爪子上。

不得不承认，他抽烟的样子还挺好看的，用小姑娘的话说，有股男人味，有点迷人。大庆其实长得不赖，家境不错，收入可观，但就是不能俘获轶澈的芳心。

确实啊，爱情这东西，能够得偿所愿的人，都是幸运的人。爱情里，我们都是二百五，没有办法规避风险，只能在前一段感情里受伤，在下一段感情里让自己能够躲过明枪，但那些背地里的暗箭你要怎么预防得看自己的实力了。

为什么爱情这么可怕？因为爱如潮水啊，潮水是会让人死的。但大难不死的人，会有后福吧，至少我愿意这么相信。

你一个人过得好吗

大庆说，陈末，你知道我多喜欢她吗？记忆里的我依然高大，但她却已经不见了，我不知道怎么找到她，也不知道怎么把自己藏起来，所以我就只能漫无目的地走着走着，我觉得自己好累，但我还是不想让自己停下来。他在吐烟圈的时候叹了口气，我走过去，也点了一根烟，我说，失恋让你变成诗人了。大庆说，她压根就没恋过我。

现在我想和你讲一讲大庆的故事。

1

大庆和我是同学，记得那个夏天，大庆刚和女朋友分手，难过得不行。这时候轶澈转校过来，其实轶澈来的时候，好像没怎么引起过大庆的注意，大庆倒是和我说过，这新来的姑娘好看是好看，就是冷冰冰的。

临近期末，做卷子复习的时间让夏天更热了。老师把语文卷子收上去，随机发，互相判分。大庆手里的，是轶澈的，轶澈的作文让大庆对她有了不一样的感觉，那节课，大庆没有好好听课。当然这不算什么值得惊讶的事，毕竟他好好听课才奇怪，但我惊讶的是，大庆手抄了轶澈的作文，并且一直留到现在。那作文有一段是这样：

　　今天的太阳很大，身上穿的衣服是白色的连衣裙，其实我更喜欢蓝色。耳机塞进耳朵，声音开到最大，聒噪的蝉就安安静静，我冷笑，这有些一叶障目的味道在里面。

　　远处立着三只垃圾桶，早就塞得满满当当，乱七八糟的东西也堆了好多在外面，苍蝇盘旋在上面，我猜它们一定很热，因为站在这里不动就感受到汗水在我的背上坐滑梯，滑了一次又一次，苍蝇还要飞来飞去，那一定更累也一定更热。

　　说实话，我讨厌夏天，也讨厌桃子味的汽水。

　　走近了，味道也跟着浓郁起来了，鼻腔好像自动开启了防御机制，我自觉地屏住了呼吸。

　　我想起了小时候和我爸比赛憋气，脸埋进洗脸盆里，我的盆大些，我爸的盆小些，我记得我总是耍赖，偷偷浮出水面换口气，爸爸也总是不戳穿我，后来我的盆摔出了一个小洞，爸爸也在这个夏天离我而去。所以，我讨厌夏天，因为除了花露水、风油精的味道，还有眼泪的味道，很咸很咸。

　　我就看着几只苍蝇落在那腐烂了一个小口的桃子上，

你一个人过得好吗

心里想着,那桃子明明红得好看,却没有被人吃掉的福气,但能躺在这里受这些苍蝇青睐,或许这就是命运,遇见和被遇见的命运,吃和被吃的命运,离开和被离开的命运。

大庆那时候觉得,他们相遇,就是轶澈作文里的遇见和被遇见的命运。轶澈在他的斜前方,中间隔着一条过道。大庆有时候一抬头,就能看见轶澈的背影和小半个脸,大庆说,他那个时候总是喜欢看她扎得高高的头发,自己想,有一天要是能帮她梳头发就好了。

轶澈她爸就是在那个夏天去世的,所以她不爱说话,冷冰冰的。她妈妈的煎饼摊子开在学校对面的街上,每天早上,轶澈和她妈妈一起出门,有时候轶澈就在那儿帮忙后再上学。

大庆说,他觉得自己有种保护她的欲望,我其实那个时候丈二和尚摸不着头脑,大庆就莫名其妙地喜欢轶澈了。大庆说,你不懂,喜欢一个人,就是一瞬间的心满意足。

我真的不懂,他心满意足的一瞬间是啥,是她那小半个脸还是她长长的头发,还是那篇我看不太懂的作文。

2

大庆开始给轶澈写字条,他说自己害羞。我不知道害羞这个词是不是形容错了,但大庆说不敢找轶澈说话,所以就趁大家不在的时候偷偷放进她的铅笔盒,他还记得,那铅笔盒是蓝色的,字条上的内容无关于情爱和表白,而是一些幽默的小段子,大庆说,想看见她开心,想让她快乐一点儿。每个段子最后,大庆都写了一句"向日葵都向着太阳,你也要向着太阳"。我觉得这话可真矫情。

但后来想,大庆的手段也不错,轶澈确实有点文艺女青年的感觉,这也算是投其所好吧。

不仅如此,大庆还在轶澈的自行车车筐里放吃的,大庆送鸡蛋,鸡蛋上面画笑脸,我觉得他蠢,送姑娘鸡蛋,我不知道他这脑子是咋想的。大庆说,你不懂,我要与众不同,而且吃鸡蛋对身体好。我憋不住乐,说他缺心眼,但随他去吧,可能傻人有傻福。

现在看,这福气仅仅止于他们对彼此好了一阵子,而不是一辈子。

第一天送鸡蛋,我和大庆躲在车棚里,弯着腰偷偷摸摸,

🔖 你一个人过得好吗

轶澈看到鸡蛋的时候，我印象深刻，她笑了，像鸡蛋上画的那样。我不知道轶澈有没有把那些字条都看完，鸡蛋有没有吃完。但那段时间大庆开心得像个傻子，觉得自己做了一件特别伟大的事，后来持续了半个多月的时间吧，轶澈知道了是大庆在写字条、送鸡蛋。

其实我猜，她应该知道得更早些。

有一节体育课，大庆打篮球的时候不小心崴了脚，我架着他，瘸着往空地走，轶澈跟在我们身后，大庆说他特别紧张，我说，你还是先紧张脚吧。

轶澈盯着大庆肿着的脚踝说："你的鸡蛋应该能派上用场，今天别送我了，你说放在哪儿了，我想办法给你热一热，可以去肿。"那个被拆穿的瞬间，大庆说不出一句话，但他后来和我说，感觉自己正在慢慢坠落，我问他为什么这么说，他说，你不懂，幸福的感觉就是你觉得自己置身云端，但心甘情愿为她降落人间。

我觉得他有病，还每次都说我不懂。

我想，大庆是高兴轶澈知道了这些秘密，但欣然接受，还给了他关心，所以觉得幸福吧。

后来，鸡蛋和字条都成了过去式，大庆开始好好听讲，他说要和她考一个学校,这下我是真的感到惊讶了,那个时候,打游戏、对小姑娘吹口哨、打群架的日子都和大庆划清了界限,他说改邪归正的感觉,挺好。

不过我倒觉得大庆还真挺有办法的,冰山好像不费吹灰之力就给融化了。

但后来我明白了,其实有时候感动一个人,只不过是因为刚好她口渴,你递过去了一杯水,当然,这水是你特意为她备下的。

3

剩下的日子,大庆和轶澈像极了情侣。其实大庆家和轶澈家是学校的两个方向,但每天大庆都骑着他的小破车专门去轶澈家接她和她妈妈的煎饼摊,大庆说帮阿姨推车。轶澈说不用这样,但大庆每天都准时出现在巷子口,大庆每天都能带着煎饼馃子来上课,他觉得那是给他的恩赐。

我说,早晚有一天你会再也不吃它了。但当真灵验的时候,我却怪自己的未卜先知。

我问过轶澈,喜欢大庆吗?轶澈说,觉得有他这个朋友特别特别幸运,也希望能一起走很远。我记得很真切,她用的是朋友、两个特别,以及一个幸运这些词来描述。

但她回避了我的问题,那应该就是不喜欢吧。

有一天轶澈和她妈妈在煎饼摊忙前忙后,几个小混混来买煎饼不给钱,轶澈和他们理论,结果变成小混混们动手动脚,大庆一板砖就呼过去了,手上的血直流。大庆说,那血鲜艳得就像假的,他真的挺害怕的。

后来因为这件事,大庆辍学了,赔钱给小混混的时候是大庆和家里要的,没要轶澈妈妈给的,轶澈觉得特对不起大庆。

我以为轶澈会感动得以身相许,但是她没有。

那个长长的暑假,轶澈白天帮她妈妈卖煎饼,晚上就去帮人补习,有时候还去冷饮店做兼职,轶澈挣的钱,全都要给大庆,说钱会慢慢还。大庆说这么做都是他愿意的,让轶澈不要有负担。

但这件事最后变成轶澈让大庆忘了她吧,自己不能耽误大庆了,她知道大庆喜欢她,但是她只把他当作好朋友,她很矛盾,想和大庆走很远的路,但又不想让大庆以那种姿态陪着她。

大庆要了那钱，并说只要这些，但其实他一分也没花，只是不再联系轶澈。他说，我知道她不喜欢我，所以我就不能给她负担了。那天晚上，大庆拉着我喝酒，他一直唱《有一种爱叫作放手》，我听着都觉得心疼，其实那个时候，我才真的懂大庆是真的很喜欢很喜欢轶澈，喜欢到她让他走，他都不敢违背，哪怕心里有千万个不愿意。

然后又有好几个晚上，我冒着被我爸妈男女混合双打的危险，继续和他醉生梦死，我只是不知道，轶澈为什么不喜欢大庆呢。

可能上天只是叫他们遇见吧，再没有另做安排。毕竟互相喜欢这件事，比上九天揽月、下五洋捉鳖要难些，前者没办法通过别的东西来辅助，只能依靠两颗心，轶澈的心是圆圈，而大庆的心是三角，他们没办法合在一起。

他们都说爱而不得里有一方是卑微，但我却觉得，那不是卑微，而是我愿意为了你，把我自己折磨成任何样子，只为了要你满意，我怎样都好。

那是最后的挣扎和自我救赎。

自我救赎的一方，都是因为爱，可爱是王八蛋，没办法讲道理。

你一个人过得好吗

轶澈去了北方上大学，她妈妈的煎饼摊依旧会出现在学校大门对面的街上，大庆复读的那一年，还是会偶尔帮轶澈妈妈，只是他不让阿姨告诉轶澈，阿姨把轶澈的新手机号告诉了大庆，但大庆从没有打过去。大庆说，他再也没有要阿姨的煎饼馃子，因为以前都是轶澈帮他装袋子，递到他手上的。

4

轶澈上大学的那一年时间，给大庆发 QQ 消息，大庆忍着不回复，所以后来轶澈也就不发了，那些消息大庆一条也没删。

大庆说，他在轶澈生日时偷偷去了她的学校，南方的冬天自然与北方不同，大庆去的时候，已经尽量穿得多，但依旧冻得一塌糊涂。他没有告诉轶澈他来了，偷偷买了一个小蛋糕，坐在图书馆的阶梯上，他在冷风中颤抖着插上蜡烛，想替轶澈许个愿望，希望轶澈能够记住大庆，不用一辈子，只用记到她结婚了就好。

有时候真的很巧，那天晚上轶澈给他发消息，她说，大庆，我今天看见一个人和你好像啊，在我们图书馆门口自己插蜡烛，他也今天过生日，但他只有一个人。我其实想过去祝他生日快乐，但是我没有，我想，要是你在的话，应该会跑过去告诉他说，我朋友和你同一天生日。

大庆说看到这消息的时候，自己的心都要跳出来了，他觉得冥冥之中，他和轶澈的命运，还是遇见和被遇见，所以自己不憋着了吧，电话打过去，告诉轶澈说自己就在她学校。那是时隔一年半，大庆和轶澈见面了，她还是长头发，大庆脸冻得通红，两人见着了就是傻笑，大庆的笑是因为喜欢的人近在眼前，轶澈的笑是因为自己的好朋友记得自己的生日，还来到了她面前。

大庆也许那时终于知道了，他们终究是不会在一起的，因为连名字都不配，大庆，轶澈，一个土些，一个洋气些。那命运的冥冥之中，只不过是为了最后告别的前情提要，大庆喜欢轶澈的这颗心，忽明忽暗，暗下去是因为，轶澈有了男朋友。

那一次再见后，两个人都绝口不提以前的事，像是约好了一样，但保持联络，我不知道这是好事还是坏事，可能对大庆来说，是好事吧，起码可以知道她的消息。后来

你一个人过得好吗

轶澈也分手了,大庆皱巴巴的心才终于抚平了些。

大庆毕业那年,轶澈的工作还不是很顺利,大庆毕业后找到了一家不错的单位,他喝多了给轶澈打电话,轶澈没接,他就发语音,说,"我现在凭自己也能养活你了,你要不要嫁给我啊?"

轶澈只回复:"你喝多了。"

后来谁也没有再提这茬,但大庆还在等,等轶澈看他一眼,可等来的是轶澈找了新的男朋友,如今,男朋友要成合法丈夫了。

大庆给我发消息说:"轶澈结婚之前,我和她通过电话,轶澈在电话里说,'你要是能来,我会很开心。'"

一星期后,大庆飞去了杭州,他见到轶澈妈妈,想起以前那些日子。他觉得恍惚,觉得自己的喜欢要画上句号了,他有千万个不甘心,但也没有办法。

大庆说,轶澈,我能不能替你绑一回头发?然后大庆终于如愿了一回,好多年前的愿望,算是实现了吧。大庆的眼泪流下来,轶澈也不说话,她心里想什么,大庆永远也不会知道。

典礼当天大庆没敢在现场,我想,那是大庆最后的念想吧,假装轶澈还没嫁作他人妇。

大庆说,我也不知道她哪里好,但是要她和我在一起,真的太难了,我们的命运纠缠,好像终于告一段落了。

我想,可能大庆命里是有一劫的。度劫对大庆来说不是最重要的,重要的是,这个劫难成了他心上的伤,但是他愿意。

我后来想,或许我们都有一场劫难,只是不知道以什么方式向自己靠近,大庆的爱情以失败告终,但他知道这命运里,有一种遇见和被遇见,谁也躲不掉谁。

你遇见谁,也许命中注定,要是你早就知道,有的人只是遇见但没有后来,那你还想遇见他们吗?

大庆说,就算知道,也不会后悔。

◆ 你一个人过得好吗

物是人非皆是你

"上海有2419.70万人,16个行政区,14条地铁,2400条公交线,而在这一分钟,我与他相遇。

"因为他,我会记住这一分钟。

"这是事实,我改变不了,因为已经过去了,我明天会再来。"

泪泪在和我讲这段话的时候,面泛花痴,深情流露。

我怀疑她看王家卫的电影看多了,不再理她,低头喝我的咖啡。

原以为我不理她,她自己瞎幻想一下就可以过了,没想到泪泪越讲越起劲，以为我没听见，还凑到我身边来。

那神情倒是吓了我一大跳，我知道但凡泪泪一开口一定会像滔滔江水一样绝不住口，所以我除了认命别无其他选择。

"陈末，你觉得那个男的怎么样？我看他侧面超像金城武的！巨帅，你是没看到，他把手伸进西裤的那一瞬间，我仿佛恋爱了！！"我随着她的眼神看过去，好像并没有她说的那么夸张。

我心想，她哪天没有在恋爱啊，昨天说那个男生长得像彭于晏，明天就会说碰到了翻版吴彦祖，恋爱简直是分分钟的事情。我自然没把她说的话当一回事。

我给她一个白眼，坐在我旁边的这个女生，是我为数不多的女性闺密，比我小一岁，典型的上海女人，精明能干，容颜姣好，魔鬼身材。但也巨能唠叨，所以女神未必是高冷的，比如我旁边的这位犯起花痴来，简直是个智障。

她刚才和我讲的那个男生，是前几天半夜她下楼去买夜宵无意间碰到的，本来想着追上去要微信的，结果人家没看到她，头也没回地打车就走了。

你一个人过得好吗

于是那个酷似金城武的男生也成了泪泪念念不忘的对象,这应该是生活中很平常的一次邂逅,她却把这个男的当作真命天子,发誓掘地三尺也要找到他。

一座城市这么大,每天可以遇到那么多的人,况且我已经过了相信一见钟情的年纪,所以我也没把这件事放心上,回到我的小窝继续搞创作。毕竟这种事情靠的是缘分。俗话说得好,有缘千里来相会,无缘见面不相识。这个中缘由,即使我不去跟她挑明,我想她也会明白的。

再次接到泪泪电话是三个月后的一天晚上,电话那头泪泪语气平淡地说:"陈末,你现在有空吗?我现在想找你说说话。"我知道她一定是不开心了,因为她开心的时候压根儿不会想到我。

一般泪泪这样讲话的时候,多半没好事,但毕竟我算是个妇女之友,便关上电脑出门。

12月的杭州已经入冬,街上行人为数不多,显得有点萧条。而大概只有我随手裹了一件羽绒服,手里拿着一根烟,朝着泪泪所说的那个地方走着。

我们见面的地点是某个清吧,等我到了,泪泪已经喝了两三瓶酒,周围不乏男生用异样的眼光看着她。我坐在她对面问她怎么了。以前我们也在一起喝酒,但从没见过她这种喝法。

她什么也没说,递给我一个酒杯,倒上酒,然后用手托着下巴看着我。

我端起酒杯一饮而尽,又问了她一遍怎么了。这种寂静在她身上实属罕见。

她又给我倒了杯酒,然后说,我失恋了。

我像丈二和尚摸不着头脑,你什么时候恋过了?在我眼里她可是一个万年单身狗,也就是说,她会说这个好看那个好看,但真正在一起却鲜有发生,更何况以我们的关系,她若是恋爱了,我怎么可能不知道呢?

原来之前泪泪追到"金城武"了,她连续一周去买夜宵的地方等他,只为了再见"金城武"一面,坦白说,我真没想到这次她这么认真,大概是真的一见钟情了吧。

她用尽这20多年来所有的耐心和运气,等到了这个人,然后厚着脸皮拿到了他的电话和微信,我不知道她哪来的勇气,用了一个星期的时间和一个陌生人火速开始了一段恋爱,或许这也是我一直很欣赏她的一点——敢做敢当。

那之后呢?怎么会这么快分手?我一边吃着薯条一边

问她。

两个月后他跟我讲他有女朋友。

我嘴里还没吃完的薯条喷涌而出,什么?有女朋友算哪门子的在一起?我心想这货不会是让渣男给骗了吧。

我们交往了两个月,就像我前面跟你讲的,一切都是我主动,他也完全没有拒绝,我还以为老天开眼,终于赐我一个脚踏五彩祥云的至尊宝,没想到最后我才是破坏人家爱情的第三者。

果不其然,还真是让人骗了。

泪泪喝了口酒说,"金城武"其实是个酒吧驻唱,每天的工作就是半夜去酒吧唱歌,没事的时候,自己也会写歌,他一般下午起床,然后我就带着大包小包吃的东西去他的住所,空下来就帮他收拾房子。只要一有空我就陪他去酒吧,他在上面唱歌,底下很多女生朝他抛媚眼,不过也正常,毕竟他这么帅,唱歌这么好听。我想,只要我对他好,就可以赶走那些莺莺燕燕。可是……

我认识泪泪这么久,当然读得懂她的欲言又止,她的孤独无助。

你知道吗,他说分手的理由有多荒唐,他说他以为我是他的小粉丝，只是想跟他暧昧，经常有这样的女生主动找他，他的正牌女朋友在国外读书。

她没有什么特别的地方，所以在"金城武"的眼里泪泪也是众多女粉之一。

可在我眼里，像泪泪这样的女生本不必如此卑微，她明明可以什么都不做，就有大把的男孩子"趋之若鹜"地往她身边凑。可她偏偏就喜欢"金城武"。

我问泪泪："你究竟喜欢'金城武'什么？"

泪泪说："喜欢那种感觉，喜欢一个人从来不需要理由，有的人看上那么一眼就是想要拥有。所以当时就像飞蛾爱上火一样，才会那么奋不顾身。"

她说真正让她失望的是，"金城武"真的会带别的女孩回家，原本她以为只是他的玩笑话，像往常一样，泪泪拿着生鲜水果，去"金城武"的住所，在推开门的一刹那，春光外泄。

"金城武"跟另一个女生躺在床上，那两个人也丝毫没有因为泪泪的出现而觉得奇怪，只是隐隐约约听到，那个女生问道："那人是谁？"

"不管她。"泪泪那个时候完全憋不住了，在他眼里，自己不过就是伴侣之一,也是那个时候泪泪才明白,不是所有的人都能够被真心打动,"金城武"对自己居然能冷漠到看都不看一眼的地步。

从那天以后,泪泪主动跟"金城武"断了联系,"金城武"偶尔寂寞的时候也会找泪泪,不过泪泪自那次以后,心碎成饺子馅,对"金城武"少了当初的英勇无畏,只要有关"金城武",泪泪都会假装视而不见。只是有的时候会想起,翻江倒海,比如像今天这样。

听到这里,我已经无法抑制体内的怒火,一半是因为那个渣男"金城武",一半是因为泪泪这个为了爱情不考虑后果的傻女孩。

"我去帮你找他,这种人不教训一下是不行了。"我刚起身就被泪泪一把给拽住了。

"你别去。"泪泪似乎很着急,看得出来她不想让他陷入麻烦。

我很想去找"金城武",但是泪泪说希望能留下她最后一点儿尊严。她不想再做那个纠缠不清的人了,她说我要做的就是陪着她就好。

那天晚上她喝了很多酒,说实话我也喝了不少,不过看她情况不对，我没敢再多喝，我怕两个人都喝太多，估计是没有办法离开那里了，要走的时候泪泪就像是一摊烂泥，我搀扶着她打车回家。

我将她扶在床上，站在床边看着她，一路上她不知道喊了多少次"金城武"的名字："金城武"为什么你不爱我？"金城武"你知道我有多爱你吗？你不要这样对我好不好？看着撕心裂肺的泪泪，我知道这种感觉有多痛，就是明知道那个人已经不属于你了，只有自己知道自己其实根本放不下。

其实这个世界上多半的感情都是如此，只要你喜欢的那个人不给你任何回应，或者给了你回应，但他心里没有你任何位置，那么痛苦的便只有你一个人。

泪泪不是不知道，从前觉得泪泪是一个很洒脱的女子，面对分手也能很潇洒地说一句"我去你大爷的"。可如今遇到真正喜欢的人也是这么脆弱无力，无计可施。

我心疼这个傻女孩，给她盖上被子，我坐在客厅沙发上，不知道该怎么帮助泪泪从这个旋涡里成功走出来。

我点燃了一支烟，狠狠吸入，再徐徐吐出。烟雾弥漫，一个人沉浸其中，而窗外的世界，依然在忙碌地转个不停。

◆ 你一个人过得好吗

这个世上大家都在为生活忙碌，也有人为梦想努力，当然也不乏像泪泪这样的女生为了爱情奋不顾身。

其实我是喜欢泪泪的，我不知道她有一天是否会知道。那个时候的我，其实不够勇敢，准确地来说是没有泪泪这么勇敢，她尚且敢表明自己的心迹，愿意为此搏上一搏，而我连开口跟泪泪表白的勇气都没有。

但是我永远不会说出喜欢她，因为比起亲口说出喜欢她，我更想以朋友的身份陪伴她一辈子。

听说他们后来又遇见了，还是在那家便利店门口。相同的位置，只是少了当初精心制造的偶然，这一次不是泪泪故意去等他，而是单纯的偶遇。

听说那天的泪泪刚从一场商业晚宴上下来，脸上的妆容还没淡去，很漂亮。最起码，只要不瞎，泪泪的美是很明显的。

听说他们俩就那样站在门口彼此对视，泪泪的眼里没有恨意，而他的眼里也是云淡风轻。仿佛还是第一次见泪泪时的样子，那么无所畏惧，因为一个人但凡没有对另一个人动心，即使她再漂亮，好像都没有那么重要。

"好久不见。"泪泪笑着，曾经见到他时眼里的欢喜早已褪去。

"哦。"他很不情愿地吐了一个字。

"那个时候,我是真的喜欢你。"

"哦。"仿佛泪泪说什么都无关紧要。

"再见。"

"再见。"

我不知道他们俩所表达的再见含义是否相同,但我知道"金城武"的"再见"大概是再也不见。

散场作罢,戏子退下舞台,只留下一阵唏嘘哗然。

后来呢,泪泪没有再给我讲后来的故事。因为有些人,不必再牵挂;有些人,不必再等候;有些事,也不必去怀念。时光会替我记得,在最好的年纪里我们曾相爱。

如今的泪泪依然是一有不开心的事就会和我说,而我则会安静地听着,顺带做她的专属垃圾桶。她有的时候见我听得不大认真,会来那么一句:"陈末,你究竟有没有在听我说话啊?"

"在听,在听,你继续说你遇到的那个'李易峰',他有我帅吗?或者说有我高吗?"

"帅当然是有的,不过好像没你高哦。"她嘿嘿一笑,露出了两个酒窝,还如从前一样,十足的花痴,但是少了几分非在一起的必要。

"那不行,你以后的男朋友要比我帅,比我高,最重要的是要比我对你还要好。"

她呆呆地看着我:"八成我是找不到了。"

但愿多年以后,我们还是像现在一样,无话不谈。

但愿多年以后,你我还能重逢谈世事,举杯言笑。

但愿多年以后,我依旧能站在你身边,遮风挡雨。

愿每个在爱里执迷如泪泪的姑娘,最终都能有属于自己的小确幸。希望你在执迷不悟时少受点伤,在幡然醒悟时,即使最后的最后物是人非,也要笑着回首,笑谈那些年的红尘往事。而那些年里,所受的伤,所流下的泪,那些夜里喃喃而出的名字,都是我们记忆深处最好的回忆。

孤独即是空白

2017 年 11 月,我去做了个文身,是一串英文字母:"Lonely is free."。

那是一部电影里的台词,我英语不好,文在身上之后刻意去百度翻译一下才发现:孤独是免费的。所以我甚至一度感到很迷茫,孤独到底是自由的,还是免费的?

以前我很难理解孤独是什么,是一个人喝酒?是一个人吃火锅?是没有女朋友?还是身处异乡无人诉说?

在北京是很难有安全感的,这不能怪北京,而应该将责任归咎到自己。很多人说北京真是一座让人又爱又恨的城市啊，因为指不定哪天北京就会给你送来一个惊喜。很多人都想在北京一个劲儿往前冲，跟惊喜之间来个最激烈的碰撞。

后来我回到杭州才知道，北京敞开怀抱欢迎所有人，你觉得拥抱太紧就要拼命挣扎。在北京孤独的话是很难让人承受的，一个人面对所有的事情，有些私密到只能跟恋人说的话，却也只能憋在心底。

那时候我还在北京程一的工作室里，朋友给我介绍了一个女朋友。身高一米七，肤白貌美大长腿的类型。她是我接触过的第三个属羊的女朋友，但我感觉应该是印象最深刻的一个了吧。我属狗，她比我大一些，和我一个姓。

很多听众朋友问过我，谈恋爱的意义是什么，我总是会在直播间说一大堆，但其实我也不知道这个意义到底是什么。

直播结束后，我也经常会这样问自己，恋爱的意义是什么。很多时候想不出个答案，问其他朋友也都说不出个所以然，最后我在百度上搜索，看到点赞最高的回答是这样的：

"对于两个真心的人来讲，在一起不仅仅是要那种怦然心动的感觉，更重要的是彼此可以随着年龄的增长而相互陪伴。不害怕束缚，因为这个世界没有绝对的自由，相反，有的时候，在你不爱惜自己或者是迷失自己的时候，有个人不求回报地关心你、搀扶你，绝对会使你深受感动。而且这种感动是所谓红颜或者蓝颜也无法代替的。但是记住，绝对不要因为寂寞而恋爱。"

多少人因为寂寞而恋爱，忍受不了孤独然后随便看到一个有些心动的女人就会将自己全盘托出，结果当然是无疾而终。

有人问我，已经单身很久了，他一出现就感觉是上天派来拯救自己的，怎么办？

这种情况下，我一般会先祝她幸福。

可是后来她又来找我说，分手了，刚开始彼此了解还不够透彻，等了解了之后，才发现对方并不是自己一直以来所等的那个人。

我虽然看到了消息，但是一般不会选择回复。

因为我当时所遭遇的就是这样的状态，很多人都将我当成情感导师，但在爱情面前，没有一个人是能手，都是白痴。

你一个人过得好吗

常听我直播的朋友可能知道，我谈恋爱不会瞒着大家，有段时间直播间会进来一个"末嫂"。她每天晚上都会来听我的直播，有些时候我妈妈来到我的直播间，她也会很亲切地跟我妈妈打招呼。

刚谈恋爱那段时间，我们每晚都打语音电话，她说我每晚都给那么多人直播，希望也能抽出时间只给她一个人直播。很多时候我们都困了，她说那就先挂了吧，我说再等等，然后一直到早上也没有挂断。

我经常会跟程一到各个城市跑签售会，在忙碌一天之后，程一提议大家一起去看电影放松一下。我没有去，早早地回酒店就是为了给她打电话。

那段日子真的是甜蜜到死，她很活泼，会在我们接电话的时候，突然将电话给她妈妈，刚开始吓得我不知所措，后来慢慢习惯之后甚至会跟阿姨打招呼聊几句。所以那时候我真的想过要跟她结婚。

她这个人比较可爱，就是每次我们在打电话的时候只要有旁人，一定要让我跟别人互动，在北京的时候我回去打车，她那时不知道为什么特别喜欢说腋毛。每次说到这个就会笑，我们私下的时候聊天会说用腋毛蹭你，然后我们俩对着电话哈哈大笑。在车上她让我跟司机说"能不能看看你的腋毛",我当然没说。这种害羞又尴尬的事情我是不会去做的。

后来在杭州我去买药,结账的时候她让我跟营业员说,你长得很漂亮。平时我肯定不会说的,她一直在耳机里撒娇,让我说一下,我就付完钱,很害羞、很快速地说,"姐姐你长得很漂亮",然后跑开了。

其实一个人还是能影响另一个人的,以前不敢做的事情只要她开心,还是会为了她做。

我那时很幼稚,总以为两人之间只要有爱情,就不会有问题。你看,情感主播也会在感情面前犯傻。我们偶尔闹矛盾的缓和期,我会觉得全世界好像都空了一样。那是孤独的味道,但跟恋爱之前所感受到的"孤独即是自由"很不一样。

我身边有很多例子,下面我想讲述的这个故事跟孤独有很大的联系。

很多时候我都以为自己很了解孤独的含义,认为孤独就是自由。

我发过一条微博,是来自《西西里的美丽传说》的一

你一个人过得好吗

张电影截图:"匆匆那年,我爱上过很多女人,很多人都会问我爱她们吗,没错,我爱她们,但我最爱的一个却从来没有问过我这个问题。"

所以,觉得孤独就是自由,而自由就是会爱上很多女人。

1

最近小梦跟我说:"陈末你知道吗,我谈过很多次恋爱,但还是很孤独。"

小梦是我认识的人之中唯一一个处过的对象两只手乘以二都数不过来的人。

小梦好看得不像是凡人,爱蹦迪K歌,属于社交达人的类型。谈过无数次恋爱,最长的时间有三年零五个月,最短的时间有一天。

我问她:"一天的那个不就是一夜情吗?"

她摇摇头,吐出烟圈之后,很郑重地看着我:"不是的,一夜情是孤独的产物,但我从来都没觉得孤独。"

我觉得我跟小梦说的话不在同一个频道上,不好再反驳她。

直到小梦在某天和不知道第几任男朋友分手后，走出酒店的那一瞬间，她很想看看自己。不是在大街上拿着手机前置摄像头对着自己脸上晃，也不是面对着酒店房间里的镜子那种看，她想去拍一个写真集。

随后她一头扎进影楼，摄影师建议可以租几套衣服，她摇摇头：不了，就现在这一身。当时她穿着皮衣皮裤，头发因为没怎么打理还有些乱，口红掉色，假睫毛有些无处安放地垂到眼皮底下，脸上的粉有些脱了。总之就是很邋遢地站在了镜头面前，摄影师有些不知所措，左拍右拍都拍不好，角度怎么都找不对。小梦说，别忙活了，正常拍一组就行了。

最后小梦拿着手机都能拍出来的"写真集"走出了影楼，花了两千多元钱。

很多人不能理解小梦的这种行为，觉得就是钱烧的。不化妆不换衣服不打扮就去拍了一套写真。

很多人都说我是钢铁直男，不能明白女生想表达什么，但这次我理解了小梦。她就是想给自己现在的状态，来个仪式感的记录，想未来看看自己现在到底是什么样子。

其实我很能理解小梦，因为小梦可能现在不能明白自

你一个人过得好吗

己的这种状态，或者说情感状态，以后会明白。不知道以后的自己会不会觉得现在的自己很孤独。

那套写真拍得很有用，小梦从此感情生活空窗期了很久。她拿着那套写真集回家看了很久，大概是看到那个邋遢的自己有些不忍直视。

小梦从以前的白天是职场精英，晚上是交际达人，变成了现在白天是职场精英，晚上是加班白领。

小梦去拍那套写真集的意义，或许就是为了和过去的自己做一次告别吧。

那大概就是一种小梦明白了自己以前很孤独的觉悟。

小梦谈的那个三年零五个月的恋爱应该对她影响非常大，小梦这场恋爱谈了很久，有人说学生阶段是一个人一生中最好的年华。放在一般人身上，这么久了应该会结婚吧。小梦曾经也这样认为，她以为会和小顾结婚。

一段怎样的恋爱，才会让一个女生想跟这个男生结婚？

大概是很用心地去爱了吧。

小梦跟我说："在自己最没能力的年龄，却遇到了最好的他。"

我被一口烟呛着："这句话不都是男生说出来的吗？"

她说:"不是这样的,不管男女,只要是遇到了真命天女或者 Mr. Right,就会想要倾其所有,但那个年纪却什么都没有。那个年纪什么都没有,但什么都想给,只能向他和未来许下诺言。"

那个时候说的一切算什么数呢?人生那么长,未来还离小梦那么远。

但小梦就是倾其所有地去爱了,小顾喜欢球鞋,就省下自己的饭钱送他球鞋。

小顾喜欢喝红牛,小梦就省下早饭钱给他买红牛。

好多人都说,女人会比男人成熟得早。这条道理放在小梦身上并不合适,小梦只知道拼命地对小顾好,然而并不知道如何真正地让小顾爱上自己。

后来小梦终于明白小顾或许喜欢她,但更需要一个女人来排解孤独和寂寞。

小梦说:"爱也爱了,睡也睡了,但最后还是分开了。"小梦作为一个职场精英,却总是能说出这类很像电影台词的话。

后来小梦和小顾快要毕业了,小梦买不起小顾喜欢的球鞋,也买不起小顾喜欢喝的红牛了,因为他们花销都是小梦出的,也都是小梦从生活费里省出来的。

所以,小梦才不是一个没有故事的女同学。

2

后来,小顾考上了离小梦相隔两千多公里的另一座城市的大学。可小梦不知道,她还天真地以为他们会在一起读完大学,然后一起找工作,甚至在同一家公司上班,到最后结婚生子再老去。

小梦在那个暑假玩得很开心,每天都去找小顾,两人一起在湖边散步,一起坐在树荫下戴着耳机听歌,一起看电影,一起拍照,像很多相爱多年的情侣一样。小梦曾以为那是她最美的夏天,美到余生的每分每秒都要拿来怀念。

那个夏天的暑假很长,所以小梦的美梦也做得很长。暑假结束后,小梦像所有大学新生一样满怀期待地等小顾一起去学校。

可去小顾家的时候,顾妈妈告诉她小顾前一天已经提前出发了,去了很远很远的地方。

小梦美梦醒了,小顾去哪儿了?顾妈妈摆摆手让她离开。

但她那时候还是不明白,明明小顾说好了和我在一个城市,为什么现在走了呢?

小梦擦着眼泪一路到学校。

小顾这时候在开往远方的火车上。

小梦现在才明白,原来小顾一直在骗她。他让小梦做了一场很美很美的梦,但梦醒了,发现现实原来跟梦是大不相同的,甚至截然相反。

小顾就这么失踪了,小梦还是不死心,辗转找了很多同学才要到小顾的联系方式。小梦犹豫,颤抖着双手不知道该不该将那个拨号键按下去。

万一小顾不是骗我的呢,也许小顾有难言的苦衷。但另一个声音也在说,你别傻了,还这么天真,他就是想要甩了你,离你远远的。

小梦不知道该不该打这个电话,她两个答案都害怕听到。小顾有难言的苦衷,那会是什么?我们相隔这么远,我也不能帮到他什么。第二个是小顾为什么要甩开自己,我这么爱他,难道他就是要当个负心汉吗?

3

小梦不愿意说她到底给小顾打电话没有。所以我们不知道小顾对小梦到底是欺骗还是情非得已。

我只知道,小梦变得放浪起来。

我跟小梦就相识在一个朋友组的局上。那时候小梦大概是参加这种局不多,现场很嗨,都是一群常混迹夜店的人。我不知道小梦是如何加入他们的,小梦在里面显得有些局促和格格不入。我嗨累了,走到小梦所在的角落,能看出来小梦很想融入大家,不知道为什么我就想过去找她聊聊。小梦有些受宠若惊,但又想表现出很自然的样子,我不想让她尴尬,所以互加了微信就离开了。

我们在微信上偶尔会聊聊,但平时彼此都有事,就没聊太深。

过了几个月,我们又在一个酒局上碰到,小梦此时已经成了全场的焦点。很多人跟她开一些很低俗的玩笑,小梦都能很柔和加圆滑地应付过来。

我看到她一个人被围在里面,有些双拳难敌四手。我走过去想帮她应付一些酒杯,不知道为什么她看到我有些紧张。

不知道是不是因为我了解她曾经面对这种局面局促不安的一面。

就因为那一次帮她挡酒，我们成了很好的朋友。她说，她坚强和懦弱的一面我都看到过。

后来她常来杭州找我喝酒，我就得此机会一点点从她嘴里挖出了这个故事。

她跟我讲这个故事最开头的一句话就是："陈末，你是不是很想知道我谈了三年多的那个恋爱是怎么回事？"

我说："也没有很想知道，不过你想说的话，我很乐意听。"

需要说一句的是，那时候我们俩都很孤独。

她有很多喝酒的朋友，却没有一个人想听她的故事。

"我知道那些男人都想跟我上床。"她跟我是这么说的。

而我孤独的原因就是，我总是很孤独。

4

小梦还是颤抖着拨出了那个号码，小顾接电话的时候，小梦没问一个问题，情绪平淡得就像情侣之间甜蜜的问候。

小顾显然没料到小梦会打这个电话过来，更没料到的是小梦竟然没有质问他。小梦一如既往地叫小顾亲爱的，声音很甜，俨然一副依旧沉浸在爱情里的模样。

还好小顾接下了话头，很懂事地顺势答应，也顺势叫起了小梦亲爱的。他也很害怕面对小梦的问题。不知道该残忍地告诉小梦自己是欺骗，还是弱弱地说是隐瞒。

他们就这样靠着电话维系了很久的感情，谁也没提出要见一面，因为见一面就代表着说清楚。谁也没有提当年的事情，好像彼此都有心知肚明的答案。

不知道小梦所明白的答案跟小顾是不是同一个。感情就这样勉强地维系着，还好感情维系着……

两人都很小心翼翼。这跟异地恋之间的感情脆弱不一样，他们也不仅仅是异地恋。

小梦那段时间很焦虑，开学军训的时候心不在焉，被教官批评了很多次。教官让她独训，偶尔几个男生给她送水，小梦也不接受。

小梦喝一口酒，烟燃到烟蒂上烫伤了手也没有扔，跟我说："陈末，我那时候简直快要抑郁了，整晚睡不着，像是快要疯了一样。"

我指指小梦夹着烟的手，提醒她烟燃尽了，小梦这才反应过来，狠狠地吸一口烟之后，才扔到地上。

不知道为何，我突然来一句："小梦，你那时候孤独吗？"

小梦恍惚了很久："我感觉很无助。"

小梦心底总是藏着一件事，无法说出来，也无法压下去。

话说多了两人总会暴露一些矛盾，就像很多异地的情侣一样，因为青春里的倔强，谁也不肯先低头，总觉得自己是正确的。但是本身感情脆弱啊，小梦绷不住了，率先打电话示好示弱。

能听到小顾在那边声音很低，像是刚刚哭过。不管小梦怎么说，他都不开口，在电话那头沉默着。

小梦害怕小顾说出那几个字，一直滔滔不绝地在电话这头说着什么，害怕给小顾喘气说出口的机会。

你一个人过得好吗

小梦说:"我看见 Nike 官网有个打折的活动,你不是一直喜欢那双 AJ11 吗,我打算等打折那天给你买一双寄过来。"

小梦接着说:"我上次见你的时候……"小梦停顿了一下,他们上次见面还是在上大学之前啊,现在大一上学期都快要结束了。但小梦还是接着说下去:"我上次看到你还是穿着 Neke,以后我们不穿 Neke,穿正……"

小顾说:"我们分手吧。"

小梦眼泪唰的一下就流下来了,但还是接着说:"不穿 Neke,我们穿正品的 Nike 好不好,我给你买好不好?"

小顾说完分手就挂断了电话。小梦一个人在电话这头声嘶力竭地哭喊着:"穿 Nike,不穿 Neke,不穿 Neke 了,穿 Nike!"

但电话那头嘟嘟的声音好像在说不穿 Nike 了,不穿 Nike 了。

小梦有些自嘲地说:"爱第一个人好像只学会了卑微,不,是卑贱地去爱。"

我恰好拿起酒瓶,不知道该如何回答她,只能仰起头喝一口,一大口酒沫从嘴角流出来,我好像有些明白孤独就是自由的意思了。

所以小梦努力让自己变成情场高手，而跟小顾谈的那场恋爱好像打通了她的任督二脉。

只此一次修炼就已经让小梦成仙，可想而知这次的感情事故对小梦的打击有多大。

5
∞

我跟小梦认识于一个朋友组的酒局上，那个朋友我和小梦都认识。

有一次朋友找我聊天，打字聊了一会儿，这位朋友给我打了语音电话过来，我以为又是叫我去捧局，本打算挂断，碍于面子接听了。

那位朋友说："我知道你最近跟小梦聊得挺嗨的。"

我以为他要开始打趣我和小梦之间的关系，本来都打算挂断电话的。

没想到我却得知了小梦跟小顾之间感情事故的另一个版本。作为一个已经在喝枸杞红枣养生茶的人，我听完这个故事之后差一点儿就得了心肌梗死。

你一个人过得好吗

小顾当初选择学校的时候，纠结犹豫了很久。

小顾家里有遗传病史，属于比较罕见的家族遗传病，从爷爷传到父亲，爷爷四十多岁去世，父亲竟然还没到四十岁就去世了。

很小的时候见到奶奶一辈子操劳辛苦拉扯几个孩子长大，背驼腰弯的，老得很快。

父亲去世后，妈妈一个人又当爹又当妈，白天在厂里打工，晚上点灯做手工以支撑家庭开支。但还是经常入不敷出。小顾偶尔会看到妈妈的手，很粗糙。

最让他心惊的一次是，妈妈在工厂的时候，因为头天晚上做手工导致有些犯困，一不留神将手指头削去半截。小顾从学校赶到医院的时候，妈妈已经简单包扎好，甚至都没有缝针，就用碘酒消毒，然后贴了几张创可贴再用纱布包了一下。轻轻一动，还有血往外冒。

小顾哭着说："妈妈，怎么不缝两针？"

妈妈苦笑了一下，用另一只手摸摸他的头："妈妈没事儿。"

小顾心里最清楚，缝针跟简单处理中间差着好几十倍的价钱。爸爸病逝之后，妈妈没过过一天好日子。

小顾很害怕自己也遗传了家族疾病。自己上网查了一下，结合所学的生物知识，发现自己被遗传的概率非常大。小顾很害怕。

后来不知道听谁说，某个医学院在遗传病研究方面取得了很大成就，很多专家教授都在那个医学院带学员。小顾上网一查，发现那个学校所在的城市离自己的城市十万八千里。小顾从此更加努力地学习。

当小梦问他打算填报什么地方的时候，小顾不知道该如何跟小梦说出这件事。

小梦率先说出自己的志愿，都是几个本地学校。小顾只好说自己也打算考那几所学校。

小顾第一志愿填的是很想去的医学院，第二志愿是那所医学院的其他校区。剩下的几个志愿都是填报的小梦想去的那几所学校。

那个暑假，小顾也像是在做一个梦，梦里是和小梦的余生。他觉得自己就是在提前和小梦过完自己的余生。

余生如果一直都像这样该多好。

录取通知书下来了，他被第一志愿录取了。小顾不知道是该高兴还是伤心，他甚至有些迷茫。

自从通知书下来之后，小顾就觉得陪小梦不再是美梦了，更像是一场噩梦，感觉每一天就是煎熬。终于熬到开学前一天，小顾准备出发，走之前小顾专门去了一趟小梦的家门前，还是清晨，现在小梦应该在做一个很美丽的梦吧。

"但是对不起，我要走了。"小顾嘴里没说出来，心里却喊了很多遍，"小梦对不起。"

6

我觉得这是段很狗血的故事，我有些不相信这位朋友说的话。朋友跟我说："这事儿当然是真的，咱哥们儿都知道，就小梦不清楚。你可得瞒着点。"

原来所有人都在瞒一个秘密，隐瞒了美好，却将伤痛展现在小梦面前。

感情中没有谁对谁错，只是角度不一样而已。谁深情、谁扎心我们都不知道，更不知道在感情中谁付出了多少。

小梦去影楼拍写真集的那天，那位共同的朋友发了条朋友圈，在参加小顾的葬礼。

本来想瞒到天荒地老的，可能发朋友圈的时候忘记屏蔽小梦了。

所以小梦顶着一头的碎发，走进影楼，没换衣服没化妆，给过去的自己做了一场很有仪式感的告别。

小梦拍完写真回到家，对着朋友圈狠狠地大哭了一场。

后来小梦就又变回原来的职场精英。

这时候我看到小梦眼睛有些模糊，我说，你可千万不要哭啊。

我刚说完这句话，小梦就哇的一声哭出来了。

越哭越凶，边哭边抽泣。我在一旁有些尴尬。很多时候就是这样，当一个人想哭的时候，你跟她说你可千万别哭啊，那她一定会放肆地哭出来。

小梦哭得让人很心疼。她说："他只知道我变成了坏女孩，却永远不知道我一直是个好女孩儿。"说出这句话的小梦显得楚楚动人。我觉得小顾应该听得到。

7

我和那位姓陈的女朋友分手后,觉得自己以后可能再也碰不到这么好的人了,所以选择了"Lonely is free."这个文身。没遇到她之前,有时候会感叹孤独即是自由,但是因为她我才把这句话文在身上,也希望自己以后再碰到这样的人,不要这么幼稚了。

关于她的故事,我不是很愿意描述太多。

但还是想要说一下,那段感情真的很甜。那时候我和程一去长沙,在飞机上没法和她聊天,一到机场程一打电话找我,接电话期间,手机振动了十多次,我对这种情况很反感,如果平时有人对我连续发十多条消息的话,我肯定会骂他。我跟程一挂断电话之后,准备去责备这个人,一看,是她给我发了十多个表情包,立马开心得不得了。我给她发了段很温柔的语音过去:"嘿,亲爱的,我到了。"

我从北京回杭州的时候,她跟我说要去微整,说不化妆不想出门。我们开始吵架、冷战,最后分手。

我回北京之后还是很想她,我想去找她,某次直播的时候听朋友说她也来我直播间了。我就在直播的时候说了很多情话，直播结束之后，她发私信让我别这么幼稚了，让我成熟以后再去找她。

其实我是个很爱哭的人，那晚我哭了很多次，觉得以后不会再爱了。

就是那段时间，小梦会偶尔来找我喝酒，我们在酒吧，在路边摊，在苍蝇馆，总之去了很多地方喝酒。

后来我去北京，记得去文身的时候，天灰蒙蒙的，不知道是要下雨还是雾霾。他们都说文身很痛，可能文身的时候想着她的原因吧，我并没感觉到很痛，文完以后我走在北京的街道上，觉得自己获得了重生。

我相信那天天空灰蒙蒙的原因是某位道友在度劫，我也在和那位道友一起。

我跟小梦说，可能某一天我会碰到另一个人，也可能会和她结婚，可能会一个人孤独终老，但是希望这个文身一直告诫自己：在感情中你可以是个男生，更多的时候你得是个男人。

我举起酒瓶想跟小梦碰杯，我说："敬孤独即是自由。"

小梦跟我碰了一下,"敬孤独即是空白。"

直到我猛然想起小顾去世的消息,我才知道小梦所说的孤独即是空白的意思。

迟到七年的爱情

1

"陈末,我找到在我人生中消失七年的她了。"

"陈末,这一次我不会再把她弄丢了。"

大早上七点,胖子轰炸式地给我发微信消息,直接把我炸醒,头天晚上下直播后录音到很晚,本来沉浸在梦里马上就吃到我妈妈做的饭了,却被烦人的微信给吵醒了,睡眼惺忪的我摸起床边的手机直接按了关机。

等到我睡醒后,打开手机,看到了胖子发来的消息,

◆ 你一个人过得好吗

给我发微信的这小子,是我的初中同学方平,初中时候的前后桌,关系还算可以,这些年一直保持着联系。

之前他很瘦小,现在越长越胖,我索性就直接叫他胖子。

其实,来北京之后我跟胖子就很少联系了,这次他突然给我发的微信让我感到莫名其妙。

这些年我也没听胖子说过谈了女朋友,他身边向来都是清一色的男生,带着疑问,我给胖子回过去:"谁在你人生中消失了七年?你说的这个她是谁?"

胖子反倒问我:"陈末,你还记不记得以前刚刚流行QQ时,我们比赛看谁加的好友多?"

"那都多久的事情了,我哪还记得,再说现在谁还用QQ啊!"

胖子说:"是不是因为我加的QQ好友比你多,赢了你,你就耍赖不记得了。"

"不就是比我多加了二十多个,啊不,十多个好友吗?"

"啧啧啧,那也是比你多。"

"好了,言归正传。"胖子接着说,"她是我在添加陌生好友的时候认识的,挺狗血吧,咱们比赛添加陌生好友,我就加上了小丫。话说小丫还是你的听众,还经常给你微博发私信。"

"不会这么巧吧,你认识的人还是我的听众?"我竟有些不可思议。

这么说,我倒是有一丝丝印象,之前微博有一位听众给我发私信,提及最多的就是方平这个字眼,当时我也没有多想,只是对这位听众说着一些鼓励的话,这么说,她口中的方平就是胖子。

原来在胖子添加的上百名好友中,小丫就是其中之一,那个时候QQ的聊天开头总是会礼貌地说一句:"你好。"

如果当初胖子没有礼貌性地对小丫说这一句"你好",或许他们还只是躺在彼此联系列表里的路人甲。

或许这就是缘分,我们这一生该遇到的人,终究还是会遇到,因为命运总是会牵扯着我们去遇见彼此。

2

胖子跟小丫第一次聊天说:"你好。"

小丫礼貌性地回了胖子一句:"你好。"

自此,胖子和小丫算是正式确定了网友的身份,通过

◆ 你一个人过得好吗

聊天,小丫知道胖子是在离她很远很远的杭州,这是一个她只听过从未去过的城市。

而小丫是土生土长的北方人,对于南方的印象,一直很模糊,关于杭州就只知道"上有天堂,下有苏杭"。

因为认识了胖子,小丫听他说了杭州的很多美食,还有西湖边的音乐喷泉、雷峰塔、龙门古镇、大明山、千岛湖,小丫笃定杭州这座城市一定如胖子嘴里说的一样美。

不过,小丫和胖子并没有因此就产生什么爱情的萌芽,反而断了联系。

后来,胖子以前用的QQ因为密码忘了登不上去,那时还没微信,他和小丫也只是用QQ联系,登不上QQ,自然没法再和小丫聊天了。

当时小丫之于胖子,也只是个比较聊得来的网友,断了联系对胖子也没有产生多大的影响。

小丫和胖子再次取得联系的时候,他们中间隔了差不多七年的光阴,两人都没有彼此的任何消息。

彼时胖子早已经参加了工作,而小丫大学的生活即将进入尾声,这个时候,胖子早就忘记了年少时用的QQ。

有一天,闲着没事的胖子翻看朋友空间很久前的留言,看到了自己之前遗弃的 QQ 留的言，胖子想看看这个 QQ 号是否能够找回来，于是通过找回密码一步步操作下来，居然重新登上了 QQ。

之前好几百人的联系列表里好友所剩无几了，但是一个依稀熟悉的头像还亮着，小丫？胖子看着这个依稀熟悉的头像，才想起来和她之前还算熟络。

看到小丫上线亮着的头像，胖子的消息就发过去了，胖子说："小丫，是你吗？我竟然还可以联系到你，我之前忘记了密码，QQ 就登不上去了。"

小丫回了胖子说："原来我还能联系到你，我说呢，为什么你的头像一直是灰色的，显示不在线。"

这一次重新认识，他们互相加了微信，留了手机号码，胖子说："这样就算我再把 QQ 号弄丢了，我也能通过别的联系方式找到你了。"

有的时候缘分很奇妙，断了联系很久的人，居然可以重新联系上，虽然中间隔了很多年，但并不妨碍他们之间一步步地靠近。

这次重新联系给了他们更多了解彼此的机会，二十多岁的年龄不似从前的幼稚，男生已经懂得了如何讨女生欢心，女生也已经知道自己想要和什么样的男生在一起。

胖子和小丫之间的聊天并没有因为空了将近七年的时间而变得陌生，只是他们之间的对话多了些暧昧在其中。

3

胖子依旧在杭州，而小丫因为在外地上大学，距离胖子所在的杭州更远了，小丫和胖子已经在网上见过彼此的照片，但是两个人因为距离的关系，一直都没有见过面。

胖子会不定期地给小丫寄零食吃，胖子知道小丫痛经，会提前计算好小丫的生理期，赶在小丫来大姨妈前，为她买好止痛药，他不知道哪种止痛药管用，就各种止痛药都给小丫备一份。

胖子还搜遍了能够治疗痛经的方法，在微博上看到说用酒精球塞在耳朵里可以缓解痛经时，赶紧给小丫买了酒精球督促小丫来大姨妈的时候一定要塞到耳朵里。

后来他又听说吃榴梿可以暖宫，来大姨妈就不会这么痛，那个季节北方还没怎么开始卖榴梿，胖子就从杭州的水果店里自己挑选了一箱榴梿，然后用快递加急给小丫寄到了学校。

小丫看到一箱榴梿真是哭笑不得，因为榴梿本身有味道，自己也不是特别喜欢吃，但为了不辜负胖子的好意，她只好试着接受榴梿的味道。

胖子对小丫的好，小丫感受得到。

小丫这个人呢，最受不得的就是别人对她好。

其实这些年，小丫身边也有过对她很好的人，她也会欣然接受他们的好，只是再进一步发展的时候，小丫就迟疑了，说不上哪里不对，就只是在他们对小丫说了要不要做他女朋友后，她心里别扭极了，拒绝了他们的要求，慢慢就和他们疏远了。

所以，这些年小丫一直都没有谈恋爱。

直到和胖子重新联系后，胖子也同样对小丫很好，小丫不是不懂胖子是什么意思，只是胖子从来没有说破他喜欢她，小丫也假装不知道胖子的心思，照例接受胖子的好。

小丫大学快毕业的时候，胖子跟小丫说："我要不去你的城市看你吧，趁着你毕业前，咱们也见一面。"

胖子提出这个想法的时候，小丫有些迟疑，虽然说两个人认识好久了，但是始终是通过网络联系的，这一下子

◆ 你一个人过得好吗

在现实中见到彼此,小丫不敢想自己想象中的胖子跟现实中的胖子是不是一样的人。

但说到见面,小丫心里却有一点点小惊喜,是的,在小丫内心还是想要见到胖子的,小丫想确定一件事,自己为什么会理所当然地接受胖子的好,所以,小丫还是跟胖子说,那你过来吧。

胖子从杭州来只买到一张硬座,在火车上度过了一整晚,一路向北来到了小丫所在的城市,手里还不忘拎着在杭州给小丫买的美食。

到了地方,顾不得休息的胖子打车到了和小丫约定见面的门口,虽然小丫已经见过胖子的照片,胖胖的,还有点丑,但是当小丫见到满脸疲惫还带着笑意的胖子双手举着吃的跟她打着招呼的时候,莫名觉得胖胖的方平有些可爱。

小丫跟着胖子笑了起来,走到胖子面前接过了他手里的东西,小丫带着胖子去了她常去的小店,简单地吃了饭,然后让胖子先去酒店休息。坐一晚上火车的滋味小丫懂得,浑身难受。和小丫说再见之后,胖子一个人去了提前订好的酒店。

胖子这次并没有待多长时间，和小丫见了一面，一起吃了两顿饭就匆匆走了，胖子走的时候问小丫，以后毕业了去哪个城市工作啊？小丫说，已经和北京的公司签了三方协议了，毕业后就过去工作。

胖子回了小丫一个"好"，然后说，那我以后去北京找你。

说完胖子就踏上了去往杭州的火车，坐的依然是十几小时的硬座。

胖子回去的路上，给小丫发微信说："见了你之后，我更想要对你好了，是一辈子只想对你一个人好的那种，要不要给我个机会让我照顾你？"

小丫看到胖子这些话的时候，一向泪点高的她差一点儿哭了出来，她不是没听到过感动的话，不是没见过比胖子帅的人，但他是胖子啊，是只会想着对她好的胖子啊。

在这个时候，小丫终于知道自己为什么理所当然地接受胖子的好了，是因为小丫也想要对胖子好。小丫心疼胖子坐一晚上硬座只为了看自己一眼，小丫心疼胖子明明已经疲惫得像傻子了，还依然要冲着眼前的小丫微笑，即使胖子是胖的、是丑的，但在小丫心里他就是只对自己好的胖子。

不过小丫还是调侃地回胖子:"那你要是照顾不好我呢?"

胖子说:"那罚我一辈子照顾你好了。"

像是水到渠成般,胖子和小丫算是捅破了这层窗户纸,正式在一起了。

4

我回过头来重新翻看小丫给我发过的私信,才发现原来她给我的私信,记录着她跟胖子重新认识的点点滴滴。

明明胖子和其他对她好的人都差不多,为什么小丫偏偏选择了离她千里之外的胖子呢?

其实,小丫心里清楚地知道自己要的是什么,当看到胖子傻傻地冲着她笑的时候,小丫就知道了,如果胖子提出来要在一起,她肯定会答应的。有的时候,感觉就是这样说不清楚,小丫感觉胖子就是那个自己想要的人。

虽然两个人谈恋爱一开始就是异地恋,但是胖子总是会先小丫一步替她想好各种她应付不过来的事情,小丫有的时候会因为减肥不吃晚饭,胖子愣是隔着大半个中国,准时准点地叫外卖给她，晚上的时候小丫只好乖乖去食堂吃饭，不让胖子再给她叫外卖。

小丫晚上睡觉的时候偶尔会失眠，胖子就在手机的那端像哄小孩子一样，给她讲着睡前故事，胖子的声音像是有魔力般，她总会在胖子温柔的声音中睡去，每次早上小丫醒来的时候手机还保持着通话。

小丫问过胖子，为什么不挂了电话？胖子告诉小丫说："我怕你会突然醒来再睡不着了，我听到你熟睡的呼吸声我才能安稳地睡着。"

小丫习惯了胖子对自己的照顾，她对胖子说："你对我这么好，这是让我离不开你了。"胖子乐呵呵地说："你才知道啊，我就是要对你好得让你离不开我，这样你就可以一辈子待在我的身边了。"

小丫毕业的时候，胖子早早地在网上安排了搬家人员帮小丫搬运、邮寄行李，小丫拎着一个行李箱只身去了北京的公司。

胖子之所以放心小丫一个人拎着行李箱去北京上班，是因为小丫找的这家公司还不错，管吃管住。就这样，小丫算是在北京安定下来了，杭州和北京的距离依然很远。

你一个人过得好吗

快十一放假的时候，胖子突然给我发微信，说小丫要来杭州玩了，我调侃他："不会是要来我家吧？"他发我一个鄙视的表情，说："当然是来找我。"

我回他："这全国放假，能买到票吗？"胖子说："不用她操心，我已经全都搞定了。"

我说："好吧，你什么都能帮小丫搞定。"顺带着回他一个不屑一顾的表情。

十一小丫真的如约来了杭州，是的，胖子给小丫抢到了北京到杭州往返的高铁票。

胖子跟小丫说："你就把你自己打包好了过来就行，其他的我这边都给你准备好了。"

小丫就真的只带着自己简单的洗漱用品来了杭州。

那天胖子早早就来了杭州东站等着小丫，胖子怕小丫一路上饿了，还如同上次见面一样，一只手拿着吃的，一只手拿着给小丫买的热饮。

小丫出了站就看到在站外等着的胖子，还是那个傻傻站着等她的胖子，那一刻，小丫很想抱抱胖子，还没等到胖子把吃的递给小丫，小丫就抱住了胖子，然后抬起头仰视着胖子的脸说："我想你了，方平。"

胖子抱紧了小丫，说："以后我有时间就去看你，不让你等我这么久。"

胖子把小丫接到了预订好的酒店，让小丫先休息一下，然后从口袋里掏出了"小丫杭州七天六夜攻略"，两三张皱巴巴的 A4 纸，每一天要去哪儿玩的路线他都给小丫安排好了。

胖子说："你没说来杭州的时候，我就早早给你安排好了行程，然后我按照行程上的地点自己一个一个地都先去了一趟，攻略上这些地方都是你比较喜欢的。"

小丫心里在想，原来早在自己说要来杭州之前，胖子就已经给自己安排好了要去的地方、要吃的美食，原来男孩子也可以细心到这种地步。自己说来杭州，真的就只是人来了，其他什么都没有考虑，因为有胖子，好像什么事情都不是问题了。

尽管杭州人潮拥挤，胖子还是带着小丫把攻略上写的地方都玩了一遍，这几天在拥挤的人群中胖子的手始终都紧紧抓着小丫的手，生怕小丫被人群给挤丢了，因为小丫可是个出了名的路痴，无论一个地方去过多少遍，再去还是不认得路。

相聚的时间总是很短暂，胖子感觉和小丫还没有待够，她就要回北京了。没有办法，还是要面对分离，胖子把小丫送到高铁站，又给她带了一大堆好吃的。

快要检票的时候，小丫不舍地抱住了胖子，把脸埋进了胖子的胸口，胖子听见了小丫低声的抽泣，胖子低下头温柔地对小丫说："我周末就去北京看你好不好，你先去北京，我随后就来。"

纵然不舍，小丫还是要面对现实，还是得回去工作，小丫离开胖子的怀抱，跟胖子说："那你一定要快点来找我啊！"说完踮着脚在胖子脸上"吧唧"亲了一口，带着胖子准备的东西进站检票了。

5

后来，胖子如约来北京看小丫了，顺带和我聚了聚。

他这次买了杭州到北京的硬卧，坐了一夜火车来了北京。小丫看到疲惫的胖子，想让他以后买高铁票过来，胖子依旧笑着对小丫说："傻瓜，硬卧也不累的，这样的话我就可以多来看你几次了。"

天知道胖胖的胖子挤在火车上很窄的中铺是有多难受，但是一想到熬过这一夜就可以见到心爱的人，这些又算得了什么呢！

胖子来北京的第二天，我做东让胖子带着小丫出来见一面，顺便一起吃个饭。

胖子跟我说："就算你不说，我也想着带小丫来见见你，见见她喜欢的主播。"

果然小丫看到我的时候很惊喜，她这才相信了她喜欢的主播就是胖子嘴里的朋友。

我们去吃火锅，这一顿饭吃下来，我是被他们的狗粮塞饱的。还没入座，胖子就会先替小丫把凳子从桌子下拉出来，点菜除了问问我要点什么，胖子直接就把小丫喜欢吃的菜都点好了，小丫喜欢吃麻酱，胖子会特意给小丫多要一碗麻酱，连吃饭的时候，胖子都会拿出湿巾先给小丫擦手。

我全程看着他们在我面前秀恩爱，饭局结束的时候我跟他们挥手说再见，临走的时候我特意把小丫拉过来跟她说："遇到对你这样好的人，就好好珍惜吧。他要欺负你了就告诉我，我帮你出气。"

你一个人过得好吗

胖子过后问小丫我跟她说了什么,小丫对着胖子说:"你必须要对我好,不然我的主播大大会跟你没完的。"

胖子马上一脸严肃地说:"我当然会对你好了,我还要一辈子都只对你一个人好呢。"小丫知道,胖子对她的好只会多不会少。

胖子后来告诉我说,等过了年就把杭州的工作给辞了来北京,他们已经异地够久的了,是时候结束异地的来回奔波了。

我知道胖子这么说已经是决定好了,我就丢给他一句,在北京等你。

我知道胖子不想再让小丫面对短暂的分别了,他不想再让小丫难过,不想让小丫再受一点儿委屈了。

尽管小丫已经被胖子照顾得很好了,但都不如他陪在小丫身边来得放心。

这次胖子从北京离开的时候,小丫执意要送胖子到火车站,在站外小丫依旧是舍不得胖子离开,照例抱着胖子埋在了他怀里,比之前抱得更紧。胖子知道小丫不想他走,他又何尝不想现在就留在她身边。

那一刻,胖子更加坚定了内心的想法,一定要早点来到小丫身边，他等不到过年辞职再来北京了，这次回去就去把工作交接好，来北京，留在小丫的身边。

刷微博的时候，我又看到了小丫的私信，她说：陈末，还是要跟你说一声谢谢，因为你的鼓励，我的异地恋才坚持了下来。

其实说真的，我并没有做过什么，他们能够坚持下来，还是因为他们在一步一步努力靠近彼此。

有的时候，距离并不可怕，可怕的是我们没有勇气跨过距离去拥抱彼此，但愿每一个在异地恋中的你都能够越过万水千山，去和相爱的人赴一场不再分别的约。

等待『戈多』

1

有人说，**生命就像一场等待，而等待的人永远不会来。**

你有等过人吗？等了多长时间？一天、一个月、一年、三年、五年、十年……或者说更久。

我其实不是一个执着的人，尤其在等人这件事上，总是没几分钟就把耐心耗尽了。

我身边呢，也不乏像我这样没有耐心的人，但是说实话，也是有比较有耐心的人在。至于说是怎么有耐心的，当然要比我有耐心。

阿闹是我认识的一位听众，刚好和我同是杭州人，她呢，就是一个特执着的人，特别是在等人这方面。

她等的不是别人，而是已经和她分开的前任安辰，说是前任，可他从没有明确跟她说过一句分手；说不是前任，可他们之间已经有一年零一百八十七天没有联系了。

但她笃定，他一定会回来找她的，他也一定是喜欢她的，只不过他在等一个机会，等到他还如同以往那般优秀，他就会马不停蹄地赶来见她。

我是怎么都没有想到阿闹是如此执着的一个人，首先不说她一直等的那个人有没有明确说分手，就单是很久没有联系她这一点，但凡明眼人一看就知道是什么意思，对方显然就是不想和她在一起了。

可是阿闹不这么想，不然她也不会为了等他执着这么久。

说起来，和安辰从认识到分开，对阿闹来说，一切都来得那么猝不及防。

阿闹和安辰初相识的时候就吵了一架，当初他们吃住什么的都要在学校，一次吃午饭的时候，两个人撞了个满怀。

◆ 你一个人过得好吗

这一撞没有撞出爱情，倒是把阿闹的怒气给撞了出来，因为安辰不小心把刚盛好的疙瘩汤不偏不倚全洒在了阿闹的身上。

这要放平常，也许对方说一句对不起，阿闹就心软了，然后自认倒霉，自己擦掉污迹，换身衣服，过后就忘了这段事情。

可当天阿闹穿着的是刚买的裙子，并且打算吃完饭就跑去向心仪的人告白，被他这样一泼，裙子脏了不说，本来不错的心情也瞬间降到了谷底。

安辰当时反应还算迅速，第一时间道了歉，并从口袋里掏出纸巾递给阿闹，让她擦一下还未浸湿裙子内衬的污迹。

阿闹一看安辰好欺负，一下子就来气了，因为这一撞完全打乱了她原定的计划，她不依不饶，对安辰说，道歉有用吗？

安辰满脸歉意，对着阿闹说，可以等她换下衣服，会去帮她拿到学校干洗店清洗一下。

阿闹当然不依，即便换了衣服，糟糕的心情还在。

最后安辰问阿闹该怎么解决这个问题，阿闹说，那你帮我去告白，我就当这件事情没有发生。

为了赶紧结束当下这种尴尬的局面，安辰还是把替她告白这事给应了下来。

2

告白的结果可想而知，以失败而告终。

阿闹只是经常在操场上看人家打篮球，把崇拜当成了喜欢，便想着要和人家告白，而人家连阿闹是谁都不知道，更别说接受一个男孩替女孩说出口的告白，谁知道这个男孩是不是喜欢着这个告白的女孩呢。

阿闹这场无疾而终的恋情来得快，去得也快，告白失败之后，阿闹也没再执着。

反而，她跟安辰因为裙子事件熟络了起来，她被安辰的温柔所吸引。那个时候她只是一时来了气，没想到安辰也会好言好语地哄着她，替她告白失败后，还会劝她说，这个人根本不值得你喜欢，以后会有更好的人来喜欢你。

是啊，身边就这样多了一个人吸引着她，在阿闹看来，安辰的温柔是她独享的，安辰的宠溺是在她面前才会流露的，她不知从什么时候起，目光再也不能从他身上移开，明明安辰并没有做过什么，她就这样陷进去了。

阿闹确定自己的心意后就向安辰告白了，她曾问过自己，自己对安辰的喜欢是否就只是像之前那种一眼看过心动的喜欢，结果不是，安辰给她的感觉更多的不是心动而是心安。

安辰是如何都没有想到当初那个在自己面前吵着说"道歉有用吗"的女孩儿竟然会向自己表白。

他承认，接触下来发现阿闹并不是一个脾气暴躁的人，有时不经意看到她的笑总是会让心中的阴霾一扫而过，但他还是觉得他们并不是适合在一起的人。

阿闹是家里的独生女，从小想要什么东西也从来都能如愿，虽然没有傲娇的公主病，但是吃穿上面也从来都是想买什么、想吃什么都可以随意花钱买到。

而他就不一样了，作为家里最大的孩子，两个妹妹的哥哥，他从小就懂得为家里承担，学习一向非常努力，因为只有取得最好的成绩，入学的时候才可以免除学费，才可以领到国家助学金，减轻爸妈的负担。对于花钱，他更是懂得每一分都花在刀刃上。

对于阿闹这样的女孩子,安辰不是没有被她吸引,只是他不敢轻易地喜欢,他怕他们之间有着无法逾越的距离,他怕他配不上她的喜欢。

安辰拒绝了阿闹的喜欢,原因很简单,就是说他们不合适。

他以为他拒绝了阿闹,她就会像上次那样迅速地忘掉他,然而事实上,阿闹并没有因此妥协放手。

她跑去问安辰他们之间哪里不合适,她可以改。

可安辰知道,并不是她改,他们就会很合适。

阿闹还是知道了安辰介意他们之间的差距,她便跑到了安辰的宿舍楼下,对着安辰说,我可以跟你一起吃苦,我也可以跟你一起幸福。

当时的安辰是相信阿闹有可以陪他吃苦的心的,可是后来,他不是不信了,他是对自己不自信了。

3

安辰还是答应了和阿闹在一起。

安辰知道,如果注定要和阿闹在一起,那他逃不过,不如在有人爱的时候，用心享受爱情。

安辰虽然说答应了阿闹，但还是和阿闹约定学习的时候不可以去打扰对方，也不要试图去黏着对方。

阿闹点头应允说好，她当然知道，如果两个人要想长久地在一起，必须好好学习，努力待在一个城市，这样两个人才不会因为外界的因素一步一步和对方渐行渐远，直至分手。

她要的不是朝朝夕夕，而是长长久久。

所以两个人在一起的时间更多的是在学习，他们之间最甜蜜的事情大概就是偶尔假装在食堂相遇，然后坐在一起吃个饭。

虽然这样的恋爱对阿闹来说，谈跟没谈没什么区别，但是阿闹还是打心底里高兴，总有一天，她可以向全世界宣布她和安辰谈恋爱了。

两个人就这样不慌不忙地谈着恋爱，因为两个人在一起的时间少得可怜，以至于他们恋爱的事情，几乎没有多少人知道。

在老师和同学们的眼中，安辰依旧是每次考试榜上有名的人，而阿闹却让老师和同学们意外，成绩一次比一次考得好,从班级的中上游成功跻身前几名。

只有阿闹自己清楚,她必须要努力缩小和安辰的差距,才能够和他有未来。

那年的6月是收获的季节,也是失望的季节。

收获的是阿闹,失望的是安辰,安辰考试发挥失常了,考的分数只能在本地上个差不多的一本,而阿闹算是正常发挥,对于要一起考的学校勉强过线。

阿闹不知道怎么安慰安辰,她知道他有多期望考上他理想的大学,一直以来安辰都是别人眼中的尖子生,是那种天生就是要考好学校的人,可他的落榜、身边人的唏嘘,对他来说都是折磨。

安辰就是在那个时候消失不见的,阿闹本来想着先让他自己冷静两天接受这个事实,再去安慰他的,可等她再去找安辰的时候,却怎么都联系不到了。

阿闹着急,她怕安辰会做什么傻事,她怕他这么骄傲的一个人受不了这样的一击,她想着哪怕他们异地恋她也可以接受,他如果选择复读,她也会等着他,她更怕安辰就这样消失在她面前,不会再出现了。

那天最后一次去学校的时候,阿闹早早地来到学校,站在安辰的教室外等着他来,她就不信了,安辰可以不见她,老师让来学校他不可能不来吧,可是阿闹从早上等到中午,坚持到下午教室都没有人了,都没等来安辰。

阿闹也问过他班上的同学,他们都说不知道安辰为什么没有来,好像自从成绩出来之后,安辰就像人间蒸发了一样,谁都不知道他跑到哪里去了。

4

自从联系不到安辰,阿闹每天都在尝试联系他,那个时候联系方式有限,她给他QQ留言,希望他可以回她一句话,哪怕就说自己很好,她也能够放下心来。

阿闹也曾坐了很远的公车跑去安辰家找他,只不过她不知道具体位置,加上县城小道曲曲折折,她还是扑了个空。

眼瞅着距离上大学的时间越来越近了,阿闹也即将离开这座城市了,对于上大学的未知,对于安辰的不辞而别,阿闹心中总有种说不出的感觉,她不想离开这座城市,她想着也许在这座城市待着,有一天安辰就会回到她的身边。

阿闹去上大学了,带着欣喜,带着遗憾。

阿闹说,或许换了环境,尝到了大学的美好,就不会想着安辰了,自己就会像忘记之前告白的人一样忘掉他。

可是,阿闹还是想知道,此刻的安辰在哪里,是在本地上了大学,还是跑去复读了。无论如何她都希望安辰还是她认识的那个安辰,骄傲且谦卑,温柔且有自己的原则。

当然她最希望安辰可以联系她,她不奢求他可以兑现上了大学就要和她肆无忌惮谈恋爱的承诺,她只要他出现在她面前就好。

一天、两天,眼看着半个学期过去了,阿闹始终没有安辰的消息,安辰好像从未认识过她一样,来过她的世界,又突然地离开了。

阿闹也正是在刚上大学的时候才开始听我的栏目,就像人难过的时候,总会选择一种发泄的方式,放声痛哭是一种,找个无人的角落待着是一种,大肆地吃食物减压是一种,当然,一个人听电台节目也是一种。

阿闹不止一次地跑来问我,陈末,你说我能等到他吗?

我鲜少劝人放弃,但我还是劝说阿闹放弃,不要再继续等下去了,两个人不联系了也许就是最好的结局,分开了就不要再念念不忘。

你一个人过得好吗

再者说，先离开的人又不是阿闹，她有权利去喜欢别人。

可是，阿闹不听劝，她让我分析安辰离开的原因，是不是因为不喜欢她了，所以说不联系就不联系了。

怎么说呢，喜欢不喜欢我不太确定，也许对优秀的安辰来说，落榜算是他人生中经历的一次比较大的打击，偏偏这种打击也最致命，因为一直优秀所以很难适应自己这一次的挫折。

大概是因为这个原因吧，安辰不甘心，所以选择了逃避，逃避阿闹，可能在他看来，阿闹喜欢他是因为他优秀，他不允许不优秀的自己出现在阿闹面前让她讨厌。

如果真的是这样，大概这个安辰也是个十足的直男，怎么会把女生的喜欢看得这么肤浅。

我知道即便劝了阿闹她依旧会傻傻地等下去，便扬言以后有机会一定会帮她找安辰，刚好我一个朋友也曾在他们那所学校上过，也许多加打听就能知道他的去向。

听我这样一说，阿闹像找到了救命稻草一样，让我有时间了，一定要帮忙找找安辰。

我能帮她找到吗？我自己都怀疑，偌大的杭州，我又如何可以准确无误地了解到他究竟去哪里了。

我尽力一试吧,我只好这样告诉阿闹,找人这件事,如同大海捞针,况且这个人又是故意不想让她见到的。

5

答应阿闹要帮她找人后,我就联系了之前的朋友,问他之前的老师是不是带过安辰那一届,可哪有那么凑巧,不过这哥们儿还是答应我说,让他之前的老师问问一起工作的老师们,也许可以打听到安辰毕业后去了哪里。

只不过这件事被我这哥们儿忘记了好久,我也不好一直催着他去打听消息。

阿闹似乎也没有那么执着了,她说:"陈末,既然找不到安辰那就算了,他要来见我,早就见了,我再一个人等等他吧,等到我甘愿放弃他的那一天。"

她这样一说,我倒是来了兴致,不就是一个人嘛,我就不信找不到了,跟阿闹说罢,我便去催我哥们儿接着去问问。

最后,算是问到了吧,因为安辰在他们那一届也算是优等生,好多老师对于他也是有印象的,只是大多都很惋惜,

你一个人过得好吗

原本以为这样的优等生一定能考上好大学,谁知道落了榜。

他们老师说也是在后来的时候才知道安辰跑哪儿去了,他太要强了,知道落榜之后就跑去外省复读了,隔绝了外界的一切联系,为的就是能够考一个好成绩,以此来证明自己。

我第一时间告诉了阿闹关于安辰的事情,阿闹反问我说:"你说,他去复读就去复读,但是跟我说一声真的有那么难吗?"

我不知道该怎么回答她,每个人都有他自己的想法,对安辰来说,证明自己也许要比拥抱爱情重要,或许爱情在他面前早已无足轻重,又或许从来都没有在他心里占据过一席之地。

我不知道,为什么就是这样的一个人,足足让阿闹挂念这么久。

阿闹说:"不甘心吧,因为不甘心。"

明明两个人马上要守得云开见月明了,可以光明正大地谈恋爱了,可是其中一人说不见就不见了,可能自己都不知道是在等这个人,还是在等一个回答,等一个让自己甘愿放手的回答。

她说，她知道安辰温柔，她知道安辰体贴，但她从来不知道安辰有这么强的自尊心。或许从一开始安辰不愿答应她告白的时候，她就应该知道，安辰一直都有孤傲的自尊心，他一直是优秀的，是不允许失败的，不然为什么他即便割舍爱情，也要努力证明自己。

我猜想阿闹知道了安辰去了哪里也好，这样也能尽早地忘掉他，既然缘分到这里就断了，真的不必再去留恋。

阿闹好像跟之前没有什么变化，她问我："知道安辰去哪里复读了吗？后来又是考取了哪所大学？既然他上了大学，为什么不跑来见我？"

对于她一下子抛给我的这些问题，我真的是无解，因为我那哥们儿打听到的也就这么多，而安辰估计也很少跟老师联系，他的近况早已无从得知。

我还是实话告诉了阿闹，说我并不知道安辰去了哪里复读，更不知道他考上了哪所大学，捎带着劝阿闹一句，要她忘了这个不值得她挂念的人。

她说："陈末，你知道吗，我总觉得离他来找我的那天越来越近了，我还想再等等，等到我累的时候就放手，人总是有一种执念的，而安辰就是我的执念。也许我的内心已经没有那么喜欢他了,但是要我去接受别人的喜欢,我还是做不到,因为我觉得自己的心里还有一个人,我不能这么自私,心里想着别人,然后心安理得地去接受另一个人对我的好。"

我突然想到一句话:你看感情饶过谁。感情这件事由不得人,我能理解阿闹对于安辰的感情,放不掉,也忘不掉。

你说,又有谁能在感情上收放自如呢?要不然这个世界上也不会有那么多痴男怨女了。我们怪不得别人,怪只怪自己遇见那个人的那一刻起,就私心想要跟人家在一起。

对于阿闹呢,也不例外,没遇到安辰之前,她从来都没有想过安辰可以在她心里占据这么重要的位置,偏偏安辰也没有为她做什么,她却把他看得那么重要。

阿闹跟我说,她还会等下去,等安辰来给她一个回答,哪怕就只是来跟她说一句告别、再也不见的话,她也算给这段没有结果的感情一个交代了。

你呢?有没有这样苦苦地等过一个人呢?

答应我,别等了,我不想让你再为难自己了。

阿亮阿亮

我时常会想，命中流逝的人是注定的吗？如果是，反抗命运会不会遭到报应？

如果遭到报应的话，我希望那个报应就是两人的感情好一辈子。因为我去冒险了，那种反抗命运来挽回友谊的险，我觉得就跟极限运动一模一样。只是一个是拿命来赌，一个是拿孤独来赌。

换回了朋友就是赶走了孤独，孤独即是空白，那在空白里添加一点儿色彩，整个人生就会不一样。

我时常也会回忆，往事在回忆里好像总是发生在黄昏，就像给往事抹上适合回忆的色彩一样,每每想起以前,总会觉得温暖。即使童年或者青春有些不堪,在现在看来也都是可爱的。

老酒开盖能穿透时光,回忆也一样。当你开一瓶存封多年的酒之后,不用喝,闻到味道就能醉;往事在回忆里浮现,不用回到当年那个场景,只是在脑海里过一遍就会很幸福了。

阿亮是封酒的酒坛,是回忆里的主角。

我们常常在奔跑,奔跑在街道上,奔跑在小巷里,奔跑在学校里,奔跑在青春中。

所以当我看到一部网剧里一句很流行的台词:"想起那次我在夕阳下的奔跑,那是我逝去的青春。"我不会笑,反而很感慨。因为那就是我逝去的青春啊,但幸好青春逝去,人还在。

1

我跟阿亮从小就是好朋友,因为大家都是一类人,学校里的"坏"学生。

他帮我追我喜欢的女孩子，我给他喜欢的女生递情书。

我们常躲在厕所抽烟，讨论最近的作业，不是讨论作业的难度，我们讨论的是——今天的作业到底拿给谁写呢？学习委员王志强已经欺负过很多次了，音乐委员龙甜甜虽然喜欢我，但是不能一直让她帮我写作业啊，据说那个死胖子生活委员夏宇好像也很好说话，我们去找他帮我们写作业。

阿亮说："好。"

至于我们为什么不写作业，是因为我们要腾出时间来追自己喜欢的人。

我从那时就已经逐渐展现出了当主播的才华，常在直播里念的《致橡树》就是当时用来对喜欢的女孩子表白的。

那时候我没什么才华，写不出来优美的诗句，我就让阿亮帮我写，我说，第二天我给你带一包南京。因为我们那时候都抽五块钱一斤的卷烟，南京对我们彼此来说是奢侈品。

阿亮满口应承，结果第二天他面色凝重地将一张纸递给我，好像在转交遗书一样，交给我的时候还拍拍我的手，像是让我妥善保管，这可能会流芳百世一样。

阿亮像李白一样将双手背在身后："陈末，这篇稿子，你拿去吧！"

我不知所措地点点头："亮哥，我一定好好发挥。"

我将阿亮通宵作出来的诗拿到女神小梦的教室门前，其实我本身是个胆子比较小的人，不知道是什么给我的勇气，我竟然在女神的教室门口念了起来：

"啊，你是我的心肝，我的四分之三，你如果离开我，我的世界就毁了一半，不，是完全毁灭……小梦，我不能没有你。"

当天下午放学，我就将阿亮堵在厕所门口狠狠地揍了一顿。

后来想想，应该是阿亮将情诗交给我时的庄重给了我勇气，但那次也给了我和女神的关系一个毁灭性的打击。这也为我后来的自闭留下了深深的阴影。

那次在小梦的教室门口傻×一样地告白之后，我以为我失恋了，但没想到我恋爱了。

2

我会常跟阿亮讲我对未来的抱负,我说我未来要开公司,坐私人飞机,房产遍布世界每一个角落。阿亮很崇拜我,因为我爸是做工程的。阿亮未来也想做工程师。

我说:"阿亮,你这样是不对的,你应该崇拜我,但不该因为我爸做工程你才崇拜我。"

我跟阿亮就在夕阳下的操场上,晃着腿,那个画面久久都不能散去。

那次在教室门前告白的事件之后,我被叫了家长,老师将我和爸妈叫到办公室,我们一家三口站成一排,像是三个同班同学一样都默契地低着头等着老师的批评。

老师反而尴尬了:"鹏鹏家长,你们不用这样,坐,你们坐。"

然后我一个人孤零零地站在那儿听老师骂了两个钟头,爸妈在一旁边点评,边微笑。

这还是亲爸妈吗?我回家想跟爸妈发脾气,没想到被他们抢占了先机,我爸一进门没找到武器,率先给了我一个耳光,打得我晕头转向,我恍惚了一会儿想找妈妈求安慰。我妈这时候雄赳赳气昂昂地拿着鸡毛掸子递到我爸手里。情况总是这样发生,我已经被他俩男女混合双打了好多年。

第二天,我点了一根阿亮递给我的南京,我蹲着他坐着,他突然给了我屁股一巴掌,我打了一下他脑袋。然后我忍着剧痛坐下来,阿亮说:"我们不能这样下去了,该追的女生没追到,学业也没有搞好。"

阿亮说这句话的时候很忧伤,那时候流行杀马特,他甩甩刘海,我却真的觉得他很帅。

接下来的几天,不知道他干吗去了,只是小梦突然来跟我暗示好感。我们在一起了。

我当时其实还在学业和小梦之间苦苦纠结,后来我还是选择了小梦,因为小梦学习成绩好,我俩在自习室里谈恋爱的时候她还可以辅导我的学习。

我和小梦谈恋爱以后,我跟阿亮已经很久没在一起抽烟了。某天我跟小梦从自习室里出来的时候下雨了。

我给阿亮打电话:"亮哥,下雨了。"

"嗯,我知道。"

"你在哪儿呢?"

"怎么了，末哥？我在网吧。"

我对着电话那头说："那快来给老子送伞。"

等了大概十分钟，阿亮骑着自行车将伞送到我手上的时候，全身湿透，头发还在滴滴答答地滴水，我问他有几把伞，阿亮说："就一把，那末哥我先去上网了啊。"说完就骑上自行车离开了。

我跟小梦撑着阿亮给我们的雨伞走过了雨季。

3

我是在毕业之后才发现阿亮谈恋爱了。当时我和小梦在同一个学校。小梦和家人出门旅游了，我谈恋爱的人没在，所以没恋爱可谈，我以为阿亮没人谈恋爱，所以想约阿亮一起出来玩。

我约阿亮出来撸串，阿亮支支吾吾。

我约阿亮出来逛街，阿亮支支吾吾。

我以为阿亮是忙着在网吧玩游戏，放出大招，约阿亮来网吧，阿亮支支吾吾地说："好，你等我一会儿。"

我玩了好多把《侠盗飞车》，阿亮还没来。我给阿亮振QQ，没一会儿，阿亮过来了。

那天晚上，我们像大人一样聊了很久的天。

阿亮说："末哥对不起，我谈恋爱了。"

我差点一口酒喷出来："和谁？"问完之后我继续仰着脖子喝酒。

阿亮说："和龙甜甜。"

啤酒瓶差点塞到我喉咙里面去，咋是她啊？

阿亮说："你不是很早就喜欢小梦吗？恰巧龙甜甜跟小梦关系很好，我就说，你要是说服小梦跟陈末谈恋爱，我就喜欢你。"

我都不忍心去想象阿亮是如何对着常流鼻涕、体重一百四十斤的龙甜甜说出这句话的。

然后我抱着阿亮，用宋子豪看小马哥的眼神说了一句："兄弟！"

后来将阿亮灌醉之后，我才知道，那天下雨，阿亮跟我说在网吧，其实是在和龙甜甜谈恋爱。接到我的电话后，撂下龙甜甜跨上自行车就走。

龙甜甜说："那我咋办啊？"

阿亮骑上自行车头也没回："你爱咋办咋办。"

将唯一的伞送给我跟小梦之后,再骑着自行车回去找在雨中等他的龙甜甜了。

阿亮醉醺醺地说,他在我追小梦的时候,消失了几天,就是每天放学陪小梦回家,就那几天走破了一双鞋,每天都在小梦面前灌输我多好的观念。后来发现这个方法行不通,才委曲求全地答应龙甜甜的建议的。

我问阿亮:"那你喜欢小梦吗?"我有些醉了,将龙甜甜的名字说成了小梦。

阿亮大着舌头说:"喜欢啊。"

那次喝完酒之后,好像时间就过得很快。小梦旅途归来,然后我们开学,手牵手牵到了新校园。

至于为什么说时间过得很快,我在为我们没见过面找理由,搞得好像彼此都很忙的样子。

龙甜甜好像跟阿亮也在同一所学校。

4

我不知道阿亮什么时候喜欢上的小梦,又或者是为什么后来不喜欢了。

你一个人过得好吗

我给阿亮发了条短信：你要是觉得说得过去就出来，要是觉得过不去，你就当作没看到这条短信。

我去阿亮的学校找他，我们一起抽了根烟，他也很不好意思。

我说："那天我喝醉了，将龙甜甜说成小梦了。"

阿亮猛吸一口烟，顺着烟吐出来几个字："我知道。"

我说："好，这件事你既然同意翻篇了，那我们就过去了。"说着我拍了一下阿亮的肩膀，突然眼眶有些湿润。说实话，我朋友并不是很多，当初一起玩的几个同学，出国的出国，读书的读书，联系得都不多，阿亮是我最珍惜的那一个。

我拍完阿亮的肩膀又问："那你喜欢龙甜甜吗？"

阿亮抽完最后一口烟："以前不喜欢，现在喜欢了。"

我不知道自己到底想问什么，或者说想得到一个什么样的答案，阿亮回答完之后，我突然有些不知所措。

阿亮说："快回去吧，课程要紧。"

我跟阿亮拥抱了一下就离开了。回学校的路上，我一直在思考一个问题，我和阿亮之间的友谊好像发生了什么微妙的变化，但谁也说不出来那变化是什么。

我和阿亮联系渐渐变少，只是偶尔有什么大的事情发生，会彼此通报一下。

他偶尔汇报我，某某青龙帮和毒蛇帮在什么地方干了一架，在哪场战役中重伤多少人，被关进去多少人。

我常听到这种消息，有些自卑，就不敢把自己成绩跌落到班里最后一名的消息告诉他了。

只是某天，我上完体育课正打算回教室的时候，接到了阿亮的电话，这次他跟我汇报的不是帮派斗殴，而是他跟龙甜甜。他跟龙甜甜分手了。

我偷偷溜出去陪阿亮喝酒，阿亮将酒喝进肚子里，最后将胃酸和啤酒一起吐出来。

回去之后，阿亮就退学了。

阿亮跟我说："好像我青春什么都没干成，却什么都干过。"

青春里的人总是倔强得能让人害怕，阿亮非说自己是因为龙甜甜才上的那所学校，现在龙甜甜不要他了，那他也不要了。

你一个人过得好吗

5

后来我做房地产销售，常常奔波于客户和房东中间，被生活弄得伤痕累累。

我跟阿亮的联系却频繁起来，他会常来找我蹭饭，甚至丧心病狂到一到中午就打电话过来问我等会儿吃什么。

那时候幸好我没有女朋友，要不然养活我们一家三口真是负担不起。

那段时间我和阿亮常在一起喝酒，谈一些梦想，我说我离梦想越来越近了，至少现在我已经是房地产销售了。

阿亮说他也离工程师越来越近了，他从搬砖干到了和水泥。

我们有一搭没一搭地聊天，撸着放久了没有羊肉味反而已经有点臭的羊肉串，喝三块五一瓶的啤酒。

那时候我们的年龄很尴尬，已经是青春的末尾了，却比青春期的时候还穷。

生活似乎永远努力却永远没有奔头，不知道自己是为了什么，到底是在干吗。总是分不清梦想和现实，每天浑浑噩噩地接受上司的谩骂、房东的鄙视、客户的调戏。

我终于在一天受不了这样的生活时爆发了，在房东劈头盖脸的一番打击之后，我有气不知道从哪儿发，阿亮又给我打来电话问我中午吃什么。

我对着电话那头喊："吃什么啊，老子被房东打了！"

阿亮在电话那头二话没说，让我等一会儿，然后两辆五菱宏光开过来，下来了不少工人，阿亮站在前面，跑来问我哪里受伤没有。

我气瞬间消了，马上跟阿亮说，其实没被人打，只是跟他开一个玩笑。阿亮当时也没有责备我的意思，只剩下一群工人站在烈日下发愣。

阿亮回去打发人走了，那天中午，我没带阿亮去吃盖饭，而是一起去吃了顿大餐。

那段时间我每天晚上浑浑噩噩地回到家，总是想不清楚生活的意义，那是一段迷茫期。幸好有阿亮陪我度过。在青春的末尾处，我突然回想起了阿亮说，这个青春好像什么都干过了，但什么都没有干成。

他的龙甜甜和我的小梦，现在都不知道在什么地方。

某天晚上我突然做了一个梦：梦里小梦竟然在对我挥手说再见，说完再见之后，龙甜甜也在向我挥手，只有阿

/ 135 /

亮在背后等我说，我们回去吧。

6

阿亮虽然比我小一岁，但在我二十岁的时候他就已经长得像是三十岁的人了。

后来我开始做电台。阿亮疲于应付各种酒局，某天我接到一个电话，是阿亮打过来的，他含糊不清地说些什么，我知道他肯定是又喝醉了。我跑到酒店门口的时候，他正坐在楼梯上用红酒淋头发，脑袋在不断地摇，好像有什么连喝酒也忘不了的事情。

我记得曾经跟他说过，我爸年轻的时候应酬很拼，某次在回家的时候我妈会发现，他耳朵上还有酒。

我不知道他是不是觉得用这种方式就能成功。

他嘴里念叨着："陈末，我要跟你爸一样牛。"

随后他大哭起来："我想跟他一样牛啊。"

我不知道该怎么安慰他，因为我自己也是个 loser。

他好像在执着地朝某一个方向走，明明已经很努力，却越走越偏。我们都只能看清对方，却一直看不清自己。

但还好有他，让我知道那时候的自己是什么状态，因为我们就像彼此的一面镜子。

阿亮常周旋于各种酒局，我在家录音。那时候我已经辞掉工作，宅在家里。

一天，他的一个高中同学找他一起玩，高中的时候我们三个玩得还挺嗨的。但这人比较有心机，后来就没怎么在一起玩过。他找阿亮一起喝酒，可能喝醉了，在阿亮耳边吹风，说我的坏话，让他最好断绝跟我的来往。

阿亮也二话没说就掏出手机将我的微信给拉黑了。

大概过了半年，我在这段时间想了很多，我挣扎了很久到底要不要找他，但是一回想，自己生命中好像没什么朋友了，因为他已经够了，他都已经填满了我空白的生活。所以很多朋友从我生命里流逝，我都当作是自然规律，感觉并不可惜。

阿亮不一样，他是喜欢小梦却帮我追她的人，他是抛下龙甜甜给我送雨伞的人，他是听说我有危险不顾一切向前冲的人，他也是陪我走过很多孤独，给我的空白人生点上几笔墨的人。

这样的人我实在不想放过。

我给他打电话:"你准备什么时候跟我道歉?"

阿亮把我约出来,说了很多抱歉的话,说真的,我都没听进去,因为我在心里早就原谅他了。

我们像回到了从前,对过路每一位漂亮的姑娘吹口哨,我们每天都幻想自己上班的地方能来一位漂亮的杭州姑娘,我们都很喜欢杭州姑娘,我们也都觉得杭州姑娘就算不好看,会说杭州话就加分。

我们好像从没改变一样,只是阿亮已不去各种酒局,只有我能约他出来。

我希望自己在命运的洪流中,将流逝的阿亮捞起来,让他赖在我身边。我不知道跟命运对着干的下场是什么,只是希望我俩的报应就是感情好一辈子。

坚强的锤子

1

锤子一直有句格言:"再坚强也比不过我这个锤子。"锤子本来不叫锤子,或者说这个名字不是他的小名,而是他为了激励自己变得坚强自己取的名字。"锤子"这个名词听起来确实够坚强。

我认识锤子是在很小的时候,小时候锤子那种不服输的精神就已经显现出来了,比如他一个人就可以在半小时之内打扫完整个卫生区,又比如他可以一个人打退隔壁班的三个小男生，再比如他可以喜欢一个女生好多年。

锤子当时最喜欢做的事情大概就是课间休息的十分钟，像一阵风一样蹿出去，第一个跑到小卖部，花一块钱去买一瓶汽水给他喜欢的那个女生。我记得当时我每天的零用钱不超过两块，一块是普遍水准，而锤子却用自己全部的零用钱买汽水给喜欢的女生，当时我们都说锤子好傻，一块钱完全可以给自己买袋干脆面再加一袋辣条。

锤子就靠这坚强又可爱的风格持续喜欢着那个女生，后来赶上分班，他没能跟那女生分在一个班里，不过不打紧，我们关系好的几个男生跟锤子喜欢的女生刚好在一个班，当时我们宽慰锤子："这有啥，又不是见不到，这不是还有我们几个给你看着吗？你就放心吧！"

锤子半信半疑，即使不信又能怎么样，也还是改变不了不在一个班级的事实，锤子能做的就是加倍对那个女生好，他坚信只要对那个女生最好，那个女生就只属于他一个人。你看幸福还真的掌握在少数人手里，他们只要认为他们是对的，他们就会一直走下去。在我们眼里，锤子始终是开心的，那种开心比我们要来得容易很多。

那段日子里，锤子最大的乐趣就是下课跑来找我们玩，说是来找我们，其实还是为了看他喜欢的女生。他喜欢的女生叫小米，坐在倒数第四排，她总喜欢梳一个高高的马尾，害得我路过她的时候总是想去揪一下，碍于跟锤子的交情，我每次都忍住了。

锤子喜欢了小米这么久，小米自然是知道的，她知道锤子对她的感情有多真切，她也知道这个年纪不允许她对感情有太多的逾越，所以她将锤子的这份感情全然珍藏在心里，可是锤子完全不懂小米到底有没有对自己动心。

那个时候小米只会对锤子说那么一句话："好好学习。"锤子就像得到什么四字箴言一样，将这句话铭记于心，他说《西游记》中"祖以杖击碓三下而去。惠能即会祖意。三鼓入室"。所以他觉得这句"好好学习"中必定有深意，锤子在那个时候拒绝了我们所有去网吧的邀请，在每天都学到很晚。

年少时我们总是格外勇敢，哪怕是为了再小的一个原因，都会拥有无穷无尽的力量，一份感情同样可以起到那样的作用。

上天是公平的，那个时候成绩还在下游徘徊的锤子，用了一个学期的时间，排名就上升了不少，这样他顺理成章地就跟小米考上了同一所学校,成了老师口中的优等生。

2

他们俩的爱情到后期就成了学霸与学霸之间的较量,反正作为多年学渣的我不大懂。当他们因为几道数学题争执不下,显然都忘了感情这件事。他们重新提起感情这件事的时候应该是在大学,有一次我无意间问道:"锤子,你现在跟小米是怎么个情况?难道还是友达以上,恋人未满?"

锤子嘿嘿一笑,那个笑容很是诡异:"我跟小米早就在一起了好不好!"锤子说出这句话的时候,我简直想捶死他。他们这段爱情马拉松中,认识他们的人恐怕没有不想知道他们俩到底有没有在一起的。

"你拿我当你兄弟吗?都在一起了都不跟我讲,难不成结婚才讲吗?"我顺势推了锤子一把,半开玩笑半当真那种。

"这不是我们还处在恋爱初级阶段,就不劳哥们儿你费心,我想着啥时候稳定一点儿,再告诉你,那个时候好像也不晚。"

不过冲着锤子这一脸洋溢的笑容,这事也算过去了,看着锤子这么开心,我也打心底里为他高兴。

锤子再联系我的时候是几个月后,他打电话的语气很急:"陈末,你手头有钱吗?我需要五千块钱!"那边是很急促的喘息声。

锤子连问候的话都没有讲,直接奔入主题,看得出他很需要这笔钱,但是很抱歉,我当时刚做房产销售,头几个月付了房租,除了吃饭的钱还真没剩多少,见我支支吾吾半天不讲,锤子似乎也了解到他所提到的金额有些庞大,他换了一种说法:"陈末,你手头有多少钱可以借我?"

"我除了饭钱,能给你的有一千。"对待锤子我是掏底地说,电话那头沉默了一阵子。

锤子也知道我的境遇,大概觉得刚才的话有些唐突,顿了一下:"陈末,我知道你才刚工作,没多少钱,你的心意哥们儿领了。"

最后还说了些什么,草草就将电话给挂了,那是早些年,支付宝转账跟微信转账还不存在,我趁着午休,去银行完成了转账交易,银行卡余额显示还有151元,意味着我这个月再没有业绩就会饿死。看了看余额,我也只能对店里来看房的客户格外费心思。

锤子收到转账之后,立马给我来了电话,先是对我伸出援手表示感谢,还有一点就是还在上学的锤子想要做兼职,而且是能赚很多的兼职,苦点累点倒是没啥。

我知道锤子不主动说的事情,你无论怎么追问,他都不会讲的。我当时在的售楼中心,要的都是全职,兼职也就是周六日派发广告的大学生,不过当时我的一个同事家里开水站,正好需要一个派送工,我还没问锤子愿不愿意,锤子就笃定地说要去,就这样,锤子一边上学一边干着三五兼职,他还会去辅导机构做家教,偶尔跟我抱怨机构的人真黑,一堂课一百块,他们就要从中抽七十块。

就是这样,锤子一边抱怨着整天被生活蹂躏,一边又努力地摆脱现在的处境。那时他一次性可以买几十个烧饼就着白开水吃得津津有味。

3

后来我是从另一个女同学那里知道锤子为什么要这么

做的,那个女同学后来跟小米也是同班,她说的时候脸上挂着一丝同情:"小米学习那么好有什么用,摊上那么一个差劲的爸,还好有不离不弃的锤子,要不然日子该怎么过啊?"

当时锤子跑来问我借钱,我大概就猜到是因为小米,因为没有什么人能让锤子那么激动,什么都不顾,锤子也从来没有因为自己那么拼命。锤子最多的时候一天扛过两吨桶装水,还有一次在冬天的夜里去张贴广告,他来找我的时候那双运动鞋还张着口。很显然他不是为了自己。

跟那个女同学聊天后我大概知道,是小米的父亲在外边欠下了不少赌债,房子都拿去抵押,为此还丢了工作。原本家里就不是很富裕,现在更是雪上加霜,靠小米母亲在银行做保洁的钱怎么能维系一个家庭正常的运转,那个时候所有的人都觉得很绝望,只有锤子站了出来安慰小米:"不是还有我吗!"

就因为那句"不是还有我吗",锤子开始发扬他的坚强精神,一个月以后将欠我的钱还上了,还额外赚了三千块钱交到了小米手上,虽然杯水车薪,但是最起码能让小米把书读完。锤子就那样一直忙活到毕业,愣是凑够了小

◆ 你一个人过得好吗

米所有的生活费、学费、书费,还攒了一笔钱带小米来了一场毕业旅行。

只要是小米需要的,锤子就尽力做到,他简直就把小米当成自己的闺女那样去宠。锤子经常挂在嘴上的一句话是,别的女孩有的,小米也应该有,这样锤子从没有亏待过小米分毫,反而将她照顾得更好了。

我记得当时所有的人都劝锤子放弃小米,因为那样的日子真的是太苦了,他得照顾小米,还要照顾她那么大个家。远了不说,就说现在,要不是锤子,他们一家还真的得喝西北风了,这才刚毕业,以后的路还长着呢,找个差不多的女生在一起多省力啊。

可是锤子偏偏不听,他这辈子好像就是认准了小米,就算换来天仙他都坚决不换。我们也是拿他没辙了,任由他折腾,后来他好像去了离杭州不远的地方做起了水产生意,一个人起早贪黑,就是为了让小米不跟着自己吃苦。锤子说,小米已经够苦了,所以坚决不能在我这儿继续吃苦。

最近一次见锤子是在今年的4月,锤子来杭州走货,叫我们几个从小玩到大的小伙伴一起吃饭,顺便还要告诉我们一个好消息，地点定在了一家还算不错的饭店，看得出锤子是发达了，因为前两年锤子做兼职的时候可是连一份炒饭都不肯请客的，因为他想多存一点钱给小米。

他把服务员叫来，笑着说道："全部都按最好的来！"隐隐约约从锤子接菜单的一瞬间，我看到了他左手无名指上的戒指，怕是这段恋爱要画一个句号了。

菜还没上完，锤子就按捺不住了，拿起酒杯笑着说道："我在这里跟大家宣布一个好消息，我跟小米准备结婚了，日子定好了通知大家，到时候大家可一定要来啊！"

看得出锤子那天很开心，没过多久他就上头了，反复强调那么一句话："我一定让小米过上好日子！"他为了当初那么一句话努力了那么多年，现在又要为她下半辈子继续努力了。虽然很累，但是锤子很幸福。

临走的时候，锤子抓着每一个人的手，再三叮嘱："你们一定要来参加我的婚礼。"我知道这是酒话，但是也是他的心里话。轮到我这里的时候，锤子微微一笑："陈末，谢谢你当年那一千块，哥们儿真的不知道该说什么了。"他拍了拍我的肩膀，似乎有很多话想要说，但始终没有开口。

我知道这些年来，锤子过得太苦了，他的苦我们都看

◆ 你一个人过得好吗

在眼里，却始终没有办法感同身受，不过好在他的努力有所回报，他所坚持的，他所付出的，他所努力的，如今都要开花结果了。

而我也是打心底里开心，我怕再多聊下去，锤子就要哭了，这么多年他难熬的时候总会拨通我的电话，电话这头的我听得出他喝了酒，但我还是全部听完。第二天他打来电话问我他说了些什么的时候，我只字未提，然后他开始不好意思地说多有打扰，有机会一定要一起吃饭。

锤子也是我们当中结婚最早的了，锤子的婚礼我因为在北京，没有去参加，但是我认真地看了锤子婚礼的视频，看得出锤子的眼中全都是小米，而小米这么多年没有什么变化，甚至比之前还要好看。

镜头中的小米笑得很开心，锤子就那么静静地看着她笑，这个场景好像回到了好多年前，他们俩讨论着数学题目，锤子撑着下巴也如镜头里那样痴痴地看着小米，仿佛这么多年过去了，没变的只有他们两个人。的确，这个锤子也够坚强，他把别人觉得很苦的事情做得很甜，**如果你觉得你的爱情有点苦，不妨加点糖。**

锤子的日子很苦，因为他知道，他如果不努力，他只会让心爱的人更苦,所以他要努力让心爱的人甜一点,更甜一点,他还相信,只要努力就一定会有所成的,他跟小米的故事妙就妙在他们能经历千辛万苦,克服千万难关,还能坚持到最后。

我写关于锤子的故事无非就是想让大家知道,**在真爱面前,坚持还是有用的。**

你一个人过得好吗

备胎姑娘

1

在一次聚会上,我认识了备胎姑娘,备胎姑娘不同于我以往印象中的那种备胎,我脑海里的备胎都是那种傻乎乎的女孩子,男人说什么她们就信什么。可备胎姑娘不是这样的人,相反,她睿智又美丽,谈吐大方,举手投足间有一种女性独有的魅力。

她习惯性的动作是用手轻轻地将额前的碎发朝后面一捋,这个动作被赋予了万千风情,她不像刚走出校园的女生那般青涩，但是她也没有成熟女生的风韵，她的一切都好像刚刚好。就如有的人，她不讲话，她只是静静地坐在那里，就足够吸引人。看到备胎姑娘，我脑海里浮现出一句话，美人骨，世间罕见。有骨者，而未有皮，有皮者，而未有骨。然，世人大多眼孔浅显，只见皮相未见骨相。

备胎姑娘好像跟这个聚会格格不入，她只是安静地坐在那里，眼眸里好像装着整个海洋，跟她讲话是因为聚会结束，备胎姑娘忘记了拿她的手包，出于礼貌，我追上去将手包递给了她，她微笑着对我说："谢谢。"温润的嘴唇吐露出这句话，果然动听得不得了。

我就这么目送着备胎姑娘从会厅离去，一旁的朋友拉了拉我，我忘了当时他的脸上是怎么样的一种表情，是轻蔑还是满眼不屑，"那种女人，你还是少接触的好"。不知道这是什么样的一种警示又或者是暗示。

"她可是一门心思往老周身上扎，这种女人你说要得要不得？"一旁的朋友大喘了一口气才憋出了这句话。老周我们都认得，高中同学，家里有钱得很，好像跟他沾边的女人，通常都不是什么好女人，即便不是为了钱，多半也是为了老周家的地位。好像就是一场马拉松，只要傍老周到最后，她们也就获得了最终胜利。

可我的直觉告诉我，那个备胎姑娘偏偏不是这样的人，而且我相信，备胎姑娘的骨一定要比皮还要好看百倍。这些年但凡是老周攒的局，他就必定会带一个姑娘，那些姑娘一如既往要不是个小网红，要不就是哪儿找来的模特，又或者是什么三四线的小演员。这见多了自然辨认起来也容易得多，从她们一开口说话，大抵就知道了她们是混迹哪一行的，这些年老周身边的女生多半还有那么一个特点，就是拜金，恨不得全身上下都武装起来，所以备胎姑娘的清新脱俗才会那么显而易见。

临走的时候朋友拍了拍我的肩膀，那神情好像是我做错了什么，他极力想要让我回头是岸，那意味深长的笑容，让我有些毛骨悚然。

2

再次见到备胎姑娘是在一个水果店，她穿着一件奶茶色的大衣，头发披散下来，一只手拎着水果袋子，另一只手在努力挑拣水果，当我走过去的时候，她已经注意到了我，浅浅地给了我一个微笑："上次，还真的要谢谢你呢！"这是备胎姑娘跟我说的第二句话，不知道为什么，我每次见到备胎姑娘都很难将她跟老周那样的风流公子哥联系到一起。

"举手之劳。"靠近备胎姑娘的时候，她身上散发着一抹佛手柑淡淡的味道，很好闻！我随口说了出来，不知道该说点什么来维持现在的局面，想了好半天，看了看不远处自己所在的小区："你也住在这里啊？"这是一片很老的社区，不出意外备胎姑娘一定是住在这里的，附近住久的住户都会选择在这里买水果，因为大家都知道这家水果店的阿姨脾气好得不像话，每次都会往你的水果袋子里多塞一个苹果或一根香蕉，并嘱咐你一个人在外边一定要好好照顾自己。

备胎姑娘点了点头，说出了小区名字，正好跟我一个小区，看到备胎姑娘手上的重物，我顺手接了过来，尽管她起初是拒绝的。走回去的路上很沉闷，因为我不知道面对备胎姑娘这样与众不同的人到底该讲些什么，正当我苦思冥想的时候，是备胎姑娘打破了沉寂。

"你跟老周很熟吗？"她冷不丁地来了这么一句话，

倒跟之前的那些女生不大一样，之前老周身边的女生第一句都会是，"我是老周的女朋友××，请多多指教。"

我点了点头："我跟老周是高中同学，毕业到现在一直都有联系。"

听我这么说，备胎姑娘好像放松了不少，看得出她多少还是有点想要靠近老周的，但是少了那么几分急功近利，"你要是想了解老周，我可以讲给你听。"我当时不知道从哪里来的自信说出了这句话。

备胎姑娘嘴角微微上扬："不用了。"她一个人在那边小声地不知道说了些什么，表情说不出有哪里怪。

看着备胎姑娘那么娇弱的身躯，我就好人做到底将她送到门口，出于礼貌我没有进去，站在门外窥视着屋内，好像突然一下子有了答案，因为客厅最显眼的照片是一张男孩跟女孩的照片。备胎姑娘顺着我的目光看了过去，还是那不浅不淡的笑，顺着楼道里透着的光，嘴唇张了张，说了什么我记不清了，但我知晓了她跟老周认识是在很早以前，是还在上幼儿园的时候。

备胎姑娘还真的如我所料，她跟别的备胎不一样，是不一样得很。我从没见过哪个备胎是从娃娃开始的。

3
∞

自从见过备胎姑娘以后，我每次见老周都觉得他很浑，以前从未这么强烈过，之后每次跟他讲话总是很冲，不过老周从不在意。不知道是什么样的契机，我开始跟老周聊到备胎姑娘，我不知道我谈备胎姑娘是以什么样的身份，是以纯粹一个旁观者的身份，还是老周哥们儿的身份。

听到我讲这个话题，老周先是诧异，紧接着是平静："你是说江柔？"他吸了一口烟，随之又吐了出来，许久没有讲话，看得出他的内心世界还是有她的一席之地的，否则按他一贯的作风，必定会说，"谈什么女人，多没劲啊！一起喝酒多好啊！"

大概沉默了半分钟的时间，他才缓缓地张开了他的唇瓣。

他说："因为她太好了，所以我不愿意让她成为大多数。"他的眼睛眨巴眨巴，即使月色笼罩也还是能看得出眼睛中荡漾的液体，他低头，似乎这个话题很沉重。

"她其实很好，可我还不够好！我中途辍学，又进过少管所，虽然后来出国念书，但我知道像她那么洁身自好的姑娘犯不着跟我扯上关系的。"一个晚上断断续续,就着酒,老周把这个故事说了个大概。看得出他情绪开始变得有些低落,到最后开始猛喝酒。

老周当初也是极喜欢备胎姑娘的,可是那个时候老周不喜欢把这些挂在嘴边。他打架斗殴,后来结识了一帮不三不四的朋友,虽然曾经的他们很美好,但是自从老周开始变化以后,两个人好像越走越远、老周身边的女孩开始批量更换,而备胎姑娘又怎么会跟这些人纠缠不清,即使备胎姑娘知道,她不能没有他。所以备胎姑娘躲在很远的地方看着他,他受伤了她会跑来,他好了她就离开了,这样的状态一直维持到老周被学校开除。

老周说:"你不知道她到底有多好,上学的时候她是我们学校第一,而我是倒数第一,她是老师家长眼里的乖乖女,而我只是他们的眼中刺。她本该有个不错的结局,找个温和的好人,然后组一个不错的家庭,我不想她再为了我牵肠挂肚。"

那个时候老周要被学校开除,备胎姑娘不顾所有人的劝说,愣是跑到老师那边给老周求情,她是班长,所以她有这个权利,甚至悔过书备胎姑娘都已经帮他写好了。可老周早就做好了被退学的准备，压根不知道备胎姑娘为他偷偷做过这些，所以在得知老周正式离开学校那天，没人知道那个平日里骄傲的小女生，一个人躲在卫生间里哭了多久。

后来，老周从来没有跟备胎姑娘说在一起，就这么肆意地胡闹，需要备胎姑娘的时候就会回到她的身边，不需要的时候就让她怎么都找不到。备胎姑娘就这么眼睁睁地看着他换了一个又一个女朋友，一心想等他玩够了重新回到自己身边。

备胎姑娘见过他左拥右抱的样子，见过他烂醉如泥的样子，见过他不务正业的样子，所以对于他的一切她都好像已经习以为常了。她爱他，所以接受他所有的样子，哪怕他现在对自己是这样的态度。

那个时候备胎姑娘想劝老周回头，她问："老周，你当真心里没我吗？"老周不讲话，老周不知道该怎么回答。就那么顺着人流，备胎姑娘消失了。等老周反应过来，发了疯地去找备胎姑娘，却怎么也找不到了。老周说他很喜欢现在的关系，他怕自己再一折腾，备胎姑娘就又消失不见了，他其实不知道备胎姑娘那个晚上一直在不远处的柱子后边，一直没有离开。

备胎姑娘就那么看着他不说话，等人都散了，老周离开了，她才将提的那口气吐了出来，她沮丧，她也彷徨。

后来不知道是老周的哪任女友知道了有备胎姑娘这么一个人，对这件事不依不饶，三番两次去找备胎姑娘的麻烦。当时老周在外地，在知道那个女生无理取闹的时候，老周就直接赶了回来，开口就让那个女生滚，那个女生到走的时候都没有搞清楚这到底是怎么回事。

所有的女朋友其实都只是陪伴对象，从来没有一个人能够走进老周的心里，老周越是拼命地去找，他的内心反倒是越痛苦。

老周从那个时候才知道备胎姑娘在自己心里从来就不是什么备胎，就好像《匆匆那年》里的方茴跟陈寻，当时他以为又找到了陆地，但后来却发现他找到的是一只和他一起高飞的鸟，而备胎姑娘才是那块属于他独一无二的陆地。

4

从那以后老周还是一如既往不着调，不过他跟以前不一样，即使再不着调，他心里还是有那么一个温暖的地方留给备胎姑娘。他想过有一天，她不再是备胎，她是独一无二的他爱的人，只不过他不知道该用什么方式让她明白。

老周给我讲完那个故事就消失了很久，甚至周围的朋友也再没能联系到老周。后来老周出现在我朋友圈是在贵州的一个山区，他身边还围绕着好多孩子，配的文字是：我在你梦开始的地方。对不起，这么久我才与你重逢。

大学毕业之初，备胎姑娘曾来过贵州支教，老周将一切都看在眼里，只是从没开口提过，他就像她的暗中保护者一样，在黑暗中洞察着她的一切，其实他心里的一直有她，只是暂时上了锁，他小心翼翼打听着关于她的所有，唯独不让她知晓。她可能不知道，老周偷偷地捐了许多物资给那里的孩子，不过没有用他的本名。

老周说他真的踏上了这片土地，才明白原来好多事情都可以放下，所有的事情也都能挽回。老周也是第一次知道，原来除了胡吃海喝还有那么多有意义的事情值得他去做，比如把备胎姑娘彻底留在自己身边，比如把自己变得更好。

后来备胎姑娘如愿跟老周走在了一起，备胎姑娘开心地跟所有人解释："你们看我眼光还是不错的吧，果真是没有看错人。"老周就那么抱着备胎姑娘一句话都没有说，只是笑着看着她。

就好像真如张爱玲所说，喜欢一个人，会卑微到尘埃里，然后开出花来，备胎姑娘埋藏了这么多年的种子终于开出了一朵花，她说浪子回头，回头就好。

4月是她的谎言

1

认识拉面小姐的时候，是我刚到北京不久。那天我在常去的小店吃午饭，谁知道吃了一顿饭就认识了在我旁边坐着的拉面小姐。

拉面小姐一个人点了一碗兰州拉面，特意叮嘱了老板，不要香菜，多放辣椒，这些倒没有引起我的注意，引起我注意的是，拉面小姐身旁放着一个巨大的行李箱，还有大包小包。我猜想拉面小姐不是来北京游玩就是即将要在北

> 你一个人过得好吗

京讨生活。

本来,我跟拉面小姐就是一面之缘的路人,谁知道她在吃完饭付款的时候陷入了窘境。她的手机没电关机了,只好向我求助,让我先帮她垫付一下拉面的钱。

对现在的年轻人来说,出门不带现金已经是常事了,带着手机完全可以走遍天下,只是手机没电就让人傻眼了。

拉面小姐看我听完她的求助之后无动于衷,又诚恳地跟我说,自己不是什么骗子,只是自己一个人坐火车来北京,手机的电都耗完了,说着就跟我要微信号,说等自己手机有电之后,就微信把钱给我转过来。

我想到了自己也是一个人带着行李箱跑到了北京,或许是对她有一种惺惺相惜的感觉,我不管她是不是骗子,还是替她付了饭钱,最后还是拗不过拉面小姐的软磨硬泡,把微信给了她。

一碗兰州拉面也没有多少钱,替她付了就付了,我没想着让她还钱,谁知道过了一晚就收到了拉面小姐的好友申请,还特意添加了备注说还钱。

我差不多都要忘记这件事了,她说还钱,才让我想起了她是谁。我同意了她的好友请求,既然拉面小姐不想欠别人人情,我也没必要再僵持着说不要这钱了。

添加拉面小姐之后,她立马把钱转了过来,然后说,谢谢你相信我。

我收了钱之后跟她说,不要客气,也不是什么大事,然后一阵客套寒暄之后就没再继续话题。

从此,拉面小姐就成了我朋友圈列表中的一员,没有联系,没有打扰,直到有一次我发了一期电台节目。

拉面小姐跑来跟我说,听这一期节目深有感触,节目里讲的就像是自己的故事,末了她问我是否有时间听听她的故事。

刚好我下了直播,还没有困意,本来自己睡得也晚,就跟拉面小姐说,愿意听她娓娓道来。

2

拉面小姐说,我见到她那天,刚好是她一个人来北京的第一天，她刚毕业没多久，就一个人毅然决然带着行李箱来了北京。

其实来北京上班，并不是拉面小姐的初衷，虽然拉面小姐也想着趁着年轻，可以多在外面闯荡两年，但是只身一个人北漂她还是迟疑的，不敢轻易下这个决心。

这个世界上能够给人勇气的不多，除了自己敢于拼搏一把，大概就只剩下爱了。因为爱一个人，而变得无所畏惧；因为爱一个人，而变得勇往直前，尽管胆小如鼠，也要试着奋力一搏。

是的，因为一个喜欢的人，拉面小姐不顾后果，只身来了北京。

拉面小姐喜欢的这个人在北京工作，而她一门心思想来北京，只为了靠近他一些。

只不过拉面小姐来北京并没有告诉这个喜欢的人，说白了，她只是暗恋人家，人家或许早就忘了她是谁了。

说起来，拉面小姐跟他认识的时候还没有大学毕业，当时正值十一假期，拉面小姐没有抢到回家的车票，跑去找了个兼职。

也就是在这次兼职中，拉面小姐认识了他，没遇见他之前，拉面小姐不相信所谓的一见钟情，对于另一半的要求更是有很多的标准，谁知道遇见了他，这些所谓的标准都土崩瓦解了。

那个人穿着笔直的西装，戴着黑框眼镜，身上喷着拉面小姐闻不出来是什么牌子的香水，不知道为什么拉面小姐看到他的第一眼时就觉得喜欢。

尽管拉面小姐不喜欢男生身上喷香水，但闻着他身上的味道，她并没有很讨厌，反而是上瘾，上瘾的不仅仅是对他身上的味道，更多的是对眼前的这个人。

拉面小姐就这样疯狂地喜欢上了他，她想要了解更多关于他的事情，拉面小姐千方百计要到了他的微信号。

等待他同意的那一刻，拉面小姐仿佛熬了一个世纪，庆幸的是没过多久，拉面小姐就加到了喜欢的人。

拉面小姐当然抱着百分之二百的热情去跟喜欢的人聊天，而他就不一样了，没有生性冷淡，但就是不会对拉面小姐嘘寒问暖。

一个人对你喜不喜欢你是能够感觉出来的，拉面小姐能感觉到他不喜欢自己，可是有什么办法呢，喜欢一个人真的由不得自己。

拉面小姐每天都会微信找他聊天，找人家的借口无非是：在干吗？吃饭了吗？忙不忙？尽管蹩脚的借口都用烂了，还是忍不住想找他说说话。

是啊，喜欢一个人又怎么会忍得住不去打扰呢！

可是，对不喜欢的人来说，拉面小姐这样频繁地找人聊天就是一种打扰，起初，人家还会回拉面小姐一两句话，后来，大多时间是她自言自语，而他几乎很少回拉面小姐的话。

可能对不喜欢的人来说，不回应就是最好的拒绝，拉面小姐不是不知道，只是浇灭的热情一次次地重燃，每次要放弃他的时候，拉面小姐才发现自己还是放不下。

3

拉面小姐不死心，以为只要再努力一下，再主动一次，就能够拥有想要的爱情，就能够拥有他。

得知他去北京工作的时候，拉面小姐便想着毕业后就去北京找他，本来拉面小姐还在犹豫，谁知道刚去北京的他给拉面小姐打了一通电话，坚定了拉面小姐去北京的决心。

对刚去北京的他来说，也是无所适从，刚好看到了拉面小姐给他发来的微信消息，就在这个时候他的微信电话就打给了拉面小姐。

拉面小姐说，接到电话后，知道他刚来北京过得不好，很心疼他，心疼他一个人面对冷酷的北京，心疼他一个人在外漂泊，更是自责不能立马就跑到他的面前，给他一个温暖的怀抱，告诉他，我在。

其实，拉面小姐自从那次兼职之后，就再也没有见过那个喜欢的人。我问过拉面小姐为什么要为了一个不确定的人跑这么远来到北京。

拉面小姐告诉我，谁让自己是先喜欢的那一方，你要想让别人也喜欢你，你总得去付出，去努力，去换取别人的喜欢，尽管这种付出别人看不到，尽管这种努力别人不领情，可只有你付出了、努力了，你才能知道自己有没有机会得到别人的喜欢。

是啊，每个渴望爱情的人都满怀期望，他们为了能够得到爱情拼尽了自己的全力，满怀期望却又免不了失望，一次次受伤，一次次彷徨，却一次次重燃爱的希望，在爱里受尽了磨难，**因为做不到不喜欢，只好一次次让自己委曲求全。**

拉面小姐来了北京就碰了壁，那次吃完饭手机没电不说，工作也没找到，寻找住处更是难上加难。

来北京一个多月，拉面小姐还没有找到一份满意的工作，有那么一两天拉面小姐有点坚持不下去了，她在想自己在北京图什么，为了等一个喜欢的人看到自己，还是想有一番大作为给爸妈看？她知道自己图的是前者，为了和那个不可能的人走到一起。

幸好，坚持不下去的时候，有一家公司愿意让拉面小姐来上班，而且还是提供食宿的。对她来说，能得到这样的工作真的是再好不过了，她终于再也不用来回奔波找工作，再也不用浪费钱在外住青年旅舍了。

唯一让拉面小姐不满意的地方是，她工作的地方离喜欢的人距离二十多公里，想要见上一面，比登天还难，一是因为距离远，二是因为她并不知道他会不会见她。

不过，她也不着急，她想，距离都不是问题了，也许见他就在不久的以后了。

年底的时候,拉面小姐鼓足了勇气,想跨年那一天约他吃饭。跨年夜这么有意义的日子,明眼人一看就知道是什么意思,因为这一天特别,所以想和特别的人一起过。

那个喜欢的人倒是没有拒绝,对,和拉面小姐吃顿饭没有拒绝,只不过跨年夜他公司组织了集体活动要出去玩,只能另外约时间。拉面小姐有什么办法,她也不能让他放下集体活动跑来陪她跨年,只好把一起吃饭的时间往后推。

4

距离上次见面没多久的一个周末,他主动约拉面小姐吃饭,在床上躺了一天的她兴奋到从床上一跃而起,立马收拾打扮自己,恨不得早一点儿见到心心念念的那个人。

见到他的那一刻,拉面小姐忍不住想多看他两眼,要把他的样子在脑海里记得更深一些,因为拉面小姐越是喜欢一个人,就越是记不住他的样子,更何况和他见了这一面之后,下一次见面还不知道是什么时候。

◆ 你一个人过得好吗

让拉面小姐心里感到高兴的是,喜欢的人在点餐的时候特意嘱咐服务员不要香菜,可是相见的时间太短暂,这一顿饭很快就接近了尾声。拉面小姐故意放慢吃饭的速度,但还是很快到了离席散场的时间,尽管她心里有千万个不舍。

因为时间也有些晚了,拉面小姐喜欢的人送她到了坐公交车的地方,一路上,拉面小姐在他的左侧小心翼翼地走着,眼光一刻都不敢从他身上挪去。

其实,他们吃饭的地方距离公交站牌的距离很短,不到五分钟的时间两个人就走到了那里,不过他没有走,而是站在路边陪着拉面小姐等公交车。

拉面小姐好想时间可以在这一刻静止,她可以一直陪在他身边不必离去,可是时间又怎么会如她的愿,拉面小姐站在公交站牌下,内心祷告公交车可以来得慢一点儿,这样她和喜欢的人待在一起的时间就可以长一点儿。

公交车好像听到了拉面小姐的祷告,一辆一辆过去了都不是她要坐的那一辆。拉面小姐心里窃喜,而他却有点着急,拿着手机查看公交车什么时候来。

拉面小姐听到他说还有两分钟的时候,心里一凉,他跟她在一起的时间只剩下两分钟了,在这两分钟里,拉面小姐好想紧紧地抱着他,还想在离开的时候送他一个临别之吻,心里想了很多,但迟迟没有行动。

公交车来了,但要比预计的两分钟快得多,拉面小姐甚至都没有抱抱他、给他一个临别吻就坐上了公交车,拉面小姐还是胆小到没有向他更多地表露出自己有多喜欢他。

5

从那次见过面之后,他又和拉面小姐断了联系,拉面小姐还是像以前一样厚着脸皮跑去找人聊天,他一次都没有理会。

那条置顶的问候微信拉面小姐看了心烦,因为她知道等不来他的回答了,但凡他在意自己一点儿,肯定不忍心让自己等这么久。

和他见过这一面,拉面小姐更是忍不住想要和他在一

◆ 你一个人过得好吗

起，可是她不敢大张旗鼓地告诉他："我喜欢你，和我在一起吧。"从喜欢他的那一刻起，她就怕自己不够好，不够资格得到他的喜欢。

拉面小姐笃定他一定知道她喜欢他，只是她不说出来，那他就装作不知道，可是拉面小姐忍不了呀，他不理她，她不死心，微信不回，那就电话攻击。

也不知道他是不是被拉面小姐轮番的电话给打烦了，他给拉面小姐回了微信，说要离开北京，回家了。

拉面小姐没想到千等万等等来的是他要离开北京，她从来没有想过如果支持着她在北京的动力走了之后她会怎么样，她后悔给他打电话了，她宁愿他一直不回答，也不想听到他离开北京的消息。

起初拉面小姐以为他说回家只是搪塞她的借口，为的是不让她纠缠他，可是看他朋友圈晒出行李箱的照片，离开北京又不像是哄骗她的话。

拉面小姐说完她的故事之后让我给她出主意，问我她怎样做才能把他留下来。

其实就像那句话说的，要走的人留不住，装睡的人叫不醒，不爱你的人无论你做什么都感动不了。我不想打击她，但又不忍心把血淋淋的事实摆出来丢给她看，我只好安慰她说："要不你就大胆一点儿，给他来个正式的表白，他要是对你有意思，没准会愿意为了你选择留下来。"

"我不敢，每次我都鼓起了勇气，但是到他面前我就秒怂了。"拉面小姐倒是一脸真诚地回答我。

"作为一个男生，你应该能感觉到一个人喜不喜欢你吧？"她接着问我。

我苦笑，当然能感觉到，如果有人喜欢我的话，我要是有喜欢的感觉就会回应，没感觉的话就会不自觉地选择回避，以此来断了她的念想，因为你不喜欢一个人就不要拖着人家。

"那这么说，是他不想拖着我了。"

"也许吧。"我知道那个男生对拉面小姐没意思，她同样也知道，只是她不想承认这个事实罢了。

我的话倒没有打击到拉面小姐的热情，她说："我决定了，在他走之前，向他告白，即便不能留住他，也要让他知道我的心意。"

"期待你的好消息，以后你有什么开心的或者难过的事情，都可以找我分享，我会认真倾听。"拉面小姐满腔热血地说完之后，我真诚地回复她。

也不是哄骗她说的假话，而是真的希望拉面小姐可以用真心感动喜欢的人，都说暗恋是一场自导自演的独角戏，没有鼓掌的观众，也没有美好的结局，所以，我偏不相信暗恋就是这样孤独落幕的结局。

6

后来，没过多少天，拉面小姐就告诉我，他们在一起了，男生接受了她的告白，而且也答应她换个工作，然后和她继续留在北京。

听到她的消息，我觉得比自己恋爱了还要开心，我告诉她说，你当初还不如早点就跟他告白，这样你们不早就在一起了，一定要幸福。

她倒没有回我，我猜想她一定是只顾着陪在喜欢的人身边了，连别人的消息都懒得回了。

彼时正值 4 月，窗外的桃花开得正当时，春天大概是恋爱的季节，每一段感情好像都在此刻开出了花来。

真希望一场暗恋可以等来一场桃花开，你小心翼翼喜

欢的人，恰好也在偷偷地喜欢你。

我知道故事的结局一定要美好，可是美好的结局并不一定会发生在每个人身上，至少没有发生在拉面小姐身上。

我是后来看了拉面小姐深夜秒删的朋友圈才知道她并没有和那个喜欢的人在一起，她之前跑来跟我说的和他在一起了只是骗我的谎话。我不知道她为什么这样跟我说，也许是她想给他们的故事一个好的结局。

她说她还是没能留住他，告白的话也没有说出来，因为他连最后见面的机会都不给拉面小姐，他说不想见面，不想有离别的那种感觉，更不喜欢在火车站上被人目送离开的孤独。

拉面小姐一边不舍，一边哀求他和自己见一面，可最终都没有等来他一句同意见面，甚至在拉面小姐好不容易打通他的电话之后，得到的仍旧是他的一句，就是不想见你。

这一次拉面小姐真的是心碎了，因为她知道了他之前说的什么不见面会伤感不过都是借口罢了，说白了他就是不想见她，而她还义无反顾觍着脸上前去求着人家见面。

拉面小姐在朋友圈说了一句："何必呢！该放下了！"

秒删之后，她的朋友圈就停更了，朋友圈也变成了仅

◆ 你一个人过得好吗

　　三天可见，知道后来的事情后，我本来想问问她和他怎么样了，可我没去问，既然她告诉了我他们有一个好的结局，大概就是想让我记住他们最后在一起了。

　　其实，窗外的桃花开得也没有那么好看，一场雨过后，桃花早就不堪风雨的吹打，落在了泥泞的土地上面，一场花开花落，不过是一盏茶的工夫。

　　都说人间最美4月天，对拉面小姐来说4月是残忍的吧，也许在他离开北京的那一刻拉面小姐就会把他彻底放下，也许说了放下，内心她还忍不住会想起他，谁知道呢，希望拉面小姐如同她秒删的朋友圈一样，可以很洒脱地说放下就放下。

　　那些为暗恋受过的委屈，真的一次就够了，拉面小姐早就和我断了联系，我不知道她最近过得好不好，不过我希望她已经放下了他，过上了真正属于自己的生活。

新白娘子传奇

小的时候最喜欢的一部电视剧就是《新白娘子传奇》了，来来回回看了有二十多遍，好多次都是全家一起看。小时候的我不懂爱情，甚至到现在也没想明白为什么讨厌的法海要将相爱的白素贞和许仙硬生生拆散，这个问题也伴随我慢慢长大。

我生在杭州，长在杭州，地地道道一个杭州小伙，自然对杭州有种不一样的感情。我喜欢杭州还有一个原因，大概就是这座城市承载过白素贞跟许仙的旷世绝恋，尽管这个故事是虚构的，可它丝毫不妨碍一个生于斯长于斯的

> 你一个人过得好吗

人对它的无限热爱。

因为沉迷于白娘子的剧情无法自拔，所以那个时候我总是拉着妈妈嚷着要跑去雷峰塔，想着要去解救白素贞，好让他们一家团聚，后来妈妈提起这件事情，我也莫名觉得好笑。我接下来的故事可能跟白娘子相关，也可能不大相关，可我还是想讲这个故事给你听。

以前每逢元旦，学校都会搞一个元旦晚会，每个人都要准备节目。班里的文艺委员积极，直接报了个集体节目《新白娘子传奇》，我成功获得了船夫的角色，班里几乎所有的同学都参演了这部剧，我们总是在课间操的时候排练讨论，然后传出一阵阵笑声。

因为编排话剧的原因，班里几个男生借着排练的幌子周六日很早就从家跑出来了，一头钻进了网吧。那个时候大家都喜欢去网吧，在学校附近的网吧被家长逮回去的概率很大，所以为了不让家里发现，大家通常会去离家里还有学校相对较远的网吧。

班里的文艺委员在学校里苦等了一个下午没有见到一个男生，她按捺不住了，带着班里一众女生杀了过来，不知道是谁给她们的情报，说我们在这边。当时班里十几个女生冲进网吧的场面着实有些吓人，一群女生蜂拥而上，那样子分明是生拉硬拽，我们只好赶紧下机结账，免得被这里的老板封杀。

一路上那些女生七嘴八舌，女生果然是最麻烦的生物，一人一句，简直会让我脑袋爆炸。我们几个男生眼神意会了一下，火速地朝前面奔跑，那群女生使劲在后边追，跑到学校的时候每个人都憋红了脸，一个个气喘吁吁。

记得当时的文艺委员直接挑大梁演白素贞的角色，剩下的几个女生因为小青的角色吵得不可开交，我们男生就在一旁看着她们吵架，至于许仙的角色，就落在了我们班体育委员的身上，因为男生爱玩，多半都想演个小角色，这样就不需要排练太多，而体委就成了男生中的"牺牲品"。

排练到最后就剩下白素贞跟许仙两个人，他们戏份过多，所以被留下了，而我们这些小角色早早就撤了。新的一年快要到来，那时流行互相写新年贺卡，每个人买一沓，每天回家以后不写作业先写贺卡，贺卡内容多半是友谊长存、新年快乐、身体健康，诸如此类。大家都在比谁收的贺卡多，所以在写贺卡这件事情上我也乐此不疲地去做，有的时候收到几封匿名贺卡，大家就互相打趣，直到现在

你一个人过得好吗

我都不知道那几张没署名的贺卡是谁放在我书桌上的。

元旦晚会越来越近,排练的次数也就越来越多,所以即使排练完,我们这些小喽啰也是不能走的,因为要一遍一遍配合主演演出。再加上当时我们的老师比较严苛,所以即使我们认为已经演得相当出色,可她依旧不是很满意,导致非演到隔壁班排练结束,才肯放我们回家。

第二天让班里炸锅的一件事是文艺委员收到了一张匿名贺卡,当时正好被我们班的一个"长舌妇"女同学看到。记得当时那个"长舌妇"表情相当浮夸:"你被表白了哦!"顿时全班的目光都被吸引到了文艺委员那里,我们班的文艺委员是班里少数好看的女生之一,因为学生时代,文委多半是拥有才艺又好看的女生,能歌善舞,还会弹琴,跟其他女生自然不大一样。

看得出文委的脸顿时红了,她将那张贺卡赶紧收到了书桌里,极力地掩饰些什么,"我……"她刚想解释什么就被一旁的"长舌妇"给打断了:"我都看到了,你就别塞了。"那嗓门生怕其他人不知道一样,我原本就不大喜欢那个"长舌妇",自那件事情之后,对她的印象又添了几分厌恶。

好像那个时候，同学之间有什么暧昧的关系，都能被班里的同学无限放大，大家也是在那个时候，开始胡乱猜疑喜欢文委的男生到底是谁。这个范围很大，因为当时我们去网吧小分队其中就有三个人喜欢文委，喜欢的原因无非就是漂亮又文艺。上学的时候，很奇怪，男生跟女生之间接触很少，可是分别又在彼此的小圈子里大肆讨论对方。

元旦的气氛越来越浓，班里的同学都在紧张筹备各自的节目，当时有几个男生不屑参演话剧，就分别搞了几个相声歌曲什么的，效果还算不错，最重要的是他们不需要被老师留下来排练，所以当那一小拨人走的时候其余人的眼光简直是羡慕极了的。

后期道具上来的时候我简直被吓了一跳，因为我船夫的角色，他们不知道从哪儿给我找来了两根巨大的木棍，我不仅要讲台词，还得让这两根木棍动起来，演来演去到了第十遍的时候，老师跑了上来，拉着我的胳膊，有些不大高兴："你是没有吃饭还是怎的，这是在划船，不是在抬轿！"身旁同学们的注意力都被她这句话引到了我的身上，一顿哄堂大笑。后来老师嫌演法海的同学气势不够，所以她亲自上阵，那个样子足够让人闻风丧胆的。

那天因为老师不满意我们的排练，我们推迟了一小时才结束，那段时间跟我们一起回家的体委江达变得有些奇怪，我们回家前都要偷偷去网吧玩一小会儿，可是江达很反常，他开始不跟我们一起去了。我们没大在意，注意力全部放在了打游戏上面，男生自然不会像女生那样细腻，什么都悄无声息。

后来江达跟我们讲，演许仙应该是他最幸福的事了，无论是戏里戏外，如果人能够活在特定的时间那该有多好，这样他情愿一直活在那部话剧的前半段，或者戏外的整场时间。

江达说他当时鼓足了勇气给文委章莉写了贺卡，原本那天放学他是要去跟章莉表白的，谁承想被"长舌妇"搞成那副局面，甚至打破了江达接下来的一系列设想。

"那你们后来是怎么在一起的呢？"

"后来啊，记不记得你们总是在排练完之后一大群人就跑了，章莉怕黑，所以送她回家的任务就落在了我的头上，我也算因祸得福，就是在元旦晚会的前一天，章莉主动提这件事，所以我们就在一起了。"

元旦晚会，我们的这部话剧很是成功，当时受到了学校领导的一致好评，他们说没想到我们能够排出这么棒的节目。老师听到这些赞美简直合不拢嘴，当时学校还给她发了一笔奖金，我们班也因此获得了一个优秀班集体的称号。

那个时候娱乐活动很少，学生谈恋爱基本都是压马路，找个没人的地方牵牵手，两个人最亲密的举动也不过如此了，可是偏偏不凑巧，他们俩牵手的举动就被"长舌妇"一行的女生给看到了。长舌妇的好朋友多半也会是长舌妇，所以毫无意外，她们火速将这个消息蔓延传播，传到我的耳朵里，就变成了，当时江达跟章莉正在激吻，还是舌吻的那种，越说越离谱，"长舌妇"将这一消息散出去之后，班里的情报搜集者又把同学们的八卦搜集回去，递交到老师那里。

老师是个火暴脾气，在得知这一情况后，立即将他们叫到了办公室。他们两个人一上午都没有上课，事态好像有些严重，紧接着家长都被叫来了，中间两个人回来过一次，耷拉着脑袋，好像做错什么事情一样，班里的同学看他们的时候如同看待异类一样，甚至我在去交作业的时候，

◆ 你一个人过得好吗

听到老师咆哮的声音从数学办公室飘出:"章莉,你可是好学生,你怎么能这么作践自己呢?"

顺着门缝望去,老师脸上的神情如同那天她示范法海一般,一副丝毫不肯放过章莉的样子。

章莉从老师那出来就直接被她妈妈带回去了,那天的江达什么话都不讲,那时正好是5月,西湖最美的时节。我记得在此之前,江达还说等天气好的时候,我们就一起去春游,可八成这个愿望是没有办法实现了。

那个时候我常常在想,会不会这个世界上有很多法海,好多人没有办法在一起就是因为他们之间或许有太多的阻碍,所以他们爱不到了。

章莉转学了,我将章莉交代我的那句话,如实地转告给江达,江达一言不发,将从小到大听了无数遍的这句话写在了自己的每一本书上,而我们也见证了一个学渣逆袭的过程。江达说他觉得人生很奇妙,两个人很久不联系,但却意外有一天重新遇到了章莉,好像人跟人之间真的有牵引力,即使分开,那股力也会把两个人重新拽到一起。

江达跟章莉的默契就在于两个人努力一起上了浙江大学,后来两个人并没有像其他早恋的男生女生一样,而是活成了一副很励志的模样。

后来两个人不知道去了多少次西湖，原来白娘子跟许仙真的可以在一起。

你看，人就是这样，戏内一点儿在一起的可能都没有，戏外的两个人却格外恩爱。

后来再遇到江达，我笑着对他讲，若不是当年我把那句"好好学习"转述给你，恐怕你现在都追不到章莉吧。

江达死不承认：那还不是哥们儿有觉悟，这种技术活也不是谁都能干的。

我笑着不说话，十年真的是很长一段时间了，一辈子也没有几个十年，愿上个十年有你，下个十年，下下个十年，也依然如此。如果你还没等到那个对的人，请别沮丧，我保证你这个十年内一定就会遇到。

🔖 你一个人过得好吗

父母的爱情

1

我一直认为婚姻就如同一杯白开水,久而久之,总会有淡掉的那一天。

而无论曾经的我们一起经历过多少风雨坎坷、天雷地火,终归是要归于平淡,趋于细水长流,婚姻生活也不过是一天一天循环往复着,平淡无奇,直至终老。

所以,在我过往的二十四年的爱情观里,对那种几十年如一日恩爱的夫妻总是嗤之以鼻,总觉得婚姻根本就熬不过所谓的七年之痒。

我甚至觉得爱情的保鲜期就只能够持续一年左右，过了新鲜感的一年之后，关于爱情，关于婚姻，其实更多的是给予对方陪伴和安全感。

其实，在20世纪盛行相亲的年代，我的父母算是自由恋爱，他们之前是小学的同学，后来兜兜转转又走到了一起。

我妈妈年轻的时候长得漂亮，外婆家里不乏上门来给她介绍相亲对象的，但是那个时候妈妈谁都没有看上，也不是说她眼光有多么高，大概他们的缘分注定要比别人深，所以，他们才会相爱，才会结婚。

不过，他们两个结婚也没有那么一帆风顺，恋爱可以是两个人的，可结婚却是两家人的事情。

由于我爷爷家里过得不太好，外婆外公嫌弃爸爸穷，就不是特别赞同，按现在的话说，就是没有哪个父母愿意让自己的女儿嫁个不好的人家过去受苦受罪。

奈何两个人就是愿意，当时爸爸还在宁波工作，然后妈妈就跑去宁波找他，甚至他们都想好了，如果双方家里不同意的话就私奔。

外婆外公哪里拗得过陷在爱情中的妈妈，加上妈妈在外婆家经常耍脾气，因为这件事跟外婆闹，最后只有同意他们俩结婚了。

尽管他们的婚礼办得很简陋，妈妈甚至都没有穿上心仪的婚纱拍一套婚纱照，就这样和爸爸结婚了，但她就是愿意，无论婚礼风光与否，她都心甘情愿嫁给我爸爸。

2

仔细算来，我的父母结婚已经有二十四年了，在他们二十四年的婚姻生活中免不了小吵小闹、磕磕碰碰，但好在他们没有因为拌嘴而吵得不可开交，大动干戈，日子虽有磕绊，也算过得舒心。

爸妈结婚以后，爸爸就在外面工地上做起了小包工头，而妈妈在西湖边上的一个饭店里当起了服务员。

知道了妈妈怀孕之后，爸爸就不让妈妈再工作了，当时爸爸工作也有了起色，从最初的装修小工开始承包一些大工程，家里的日子也慢慢地好起来了。

不过，婚姻少不了小吵小闹，爸爸工作忙起来之后，在外面应酬也相应多了，但因为爸爸的身体不是特别好，每次他应酬都会喝很多酒，妈妈总免不了要抱怨他几句。

其实，我知道妈妈并不是在埋怨爸爸一直在外应酬，只是在关心爸爸的身体会吃不消，爸爸只好任由妈妈说他，他也不会说一些好听的话来哄哄她。

谁让爸爸是个钢铁般的直男，除了不会说好听的话，他更不会做浪漫的事。

在我小的时候，我们家还住在西湖边，那个时候，只要西湖附近上空燃起了烟花，妈妈就想着让爸爸带着她和我一起去看烟花。

但是爸爸每次都不解风情，总是说："在电视上面不一样都可以看嘛，跟出去看能有什么区别，外面还那么挤，去凑那热闹干吗，不去。"

妈妈是想着一家三口可以一起看场烟花是很美好的一件事，奈何爸爸每次都丢给妈妈同样推辞的话，妈妈索性也不再跟爸爸提这回事了。

后来西湖要扩建，我们当时住的房子也被拆掉了，我们一家搬到了复兴路那边，离西湖更近了，家附近的景区也不少，相对之前的家来说，现在去西湖不过是想去就可

你一个人过得好吗

以去的距离。

但是，在我的印象中，我们一家三口吃完晚饭出去逛逛的次数一只手就可以数得过来，还是妈妈对爸爸软磨硬泡，爸爸无奈只好开车带我们去西湖，一家三口闲适地在西湖边待了一两个小时，然后再开车回家。

不过，虽然爸爸不够浪漫，但是对待婚姻，还有整个家庭而言，爸爸还算是十足靠谱的男人。

也是因为爸爸是个比较顾家的男人，外公外婆对爸爸的态度逐渐改观。

小学的时候，我外公突发心肌梗死，在医院里急需做手术，手术费一下子要拿出来十多万，那个时候十几万的医疗费不是说拿就能立即凑齐的，其他亲戚那里也筹不来那么多钱。

幸好，当时爸爸已经接手了一个大工程，家里面存了点积蓄，还在外地工作的爸爸知道了外公要做手术，二话不说从外地连夜带着钱赶回医院交了手术费，让外公顺利做了手术。

那个时候家里条件越来越好，爸爸除了在外奔波，还会兼顾家里，对于外公外婆的照顾也从来不比妈妈少，不管他们家里有什么事情，爸爸总是会放下手头的工作，第一时间赶到。逢年过节的时候，爸爸也会准时跑到外公外婆家去给他们烧饭。

人心都是肉长的，外公外婆当然能感受到爸爸对他们是真的好，自然打心底接受了这个女婿。

3

虽然爸爸是个不善言辞的大直男，但是对妈妈却是真的爱。

因为老是应酬，上寄宿学校的时候，接送我上学便成了妈妈的事情，爸爸呢，看妈妈开着一辆桑塔纳接送我会很累，说啥也要给妈妈换一辆舒服的车开。

有的时候，妈妈开车不小心出个小事故，爸爸第一句话开口问的就是妈妈有没有什么事情，车子撞了倒没关系。

就像那句话说的，真正爱你的人不会说太多爱你的话，但一定会做很多爱你的事。

是啊，爱一个人本来就不是光靠说说而已，对于我爸爸这种直男，这辈子听他给妈妈说甜言蜜语是不可能了，

你一个人过得好吗

但他对妈妈做的事情一定饱含爱意。

我也曾问过妈妈,这辈子嫁给了爸爸这种连情人节玫瑰花都不知道送她一朵的大直男有没有后悔。

妈妈说,后悔啊,怎么会不后悔,不是你老妈我吹嘘,年轻的时候,追我的人排得老远了,我可是不差追求者的。

我愕然,对于当时妈妈选择不解风情的爸爸不是很理解,妈妈顿了一下说,可是只有你爸爸是让我感到心安和踏实的。

或许这个世界上所有的女孩都要得不多,她不求未来的那个人有多大富大贵,不求未来的那个人长得有多高,有多帅,更不会列出那么多条条框框,要求未来的那个人一定要符合什么标准,甚至对未来的那个人没有要求什么所谓的长久规划,只要你给予她足够的爱和安全感,她便会觉得拥有你,就拥有了全世界。

对于爸爸这种直男,估计妈妈这辈子都不会在爸爸身上体会到她想要的那种浪漫,他们也许就是这样,虽然没有浪漫,但至少在安稳的平淡中过完余生。

不过,让我没想到的是,爸爸也不完全是个不懂浪漫的大直男,他也会改变。

4

对，情人节的那天，我也被爸妈撒了一把狗粮，爸爸这种人竟然也会想起给妈妈发红包。

现在这个年代，不管是不是节日，只要日子的数字大家喜欢，总会有年轻的情侣把这一天当成纪念日来过。

当然情人节这一天更是让恋爱中的小情侣非常重视，不过对我这个单身狗来说，情人节就是很平常的一天，那天我依旧要忙着录节目，做直播，丝毫没有把这一天当成特别的日子来过。

说起来，那段时间我也比较忙，连回家的时间也比较少，什么节不节日在我眼里不过都是云淡风轻的一天。

情人节之后的某天，我和妈妈出去办事情，妈妈一边开车，一边跟我讲，鹏鹏，你知不知道，情人节那天你爸爸给了我一个红包？

就像知道了千年的铁树开了花一样，我对于爸爸会给妈妈红包这件事兴趣颇浓。

多少啊？我兴致勃勃地问妈妈。

那天你不是没回来嘛，晚上我回家的时候，你爸爸就给了我个红包,让我看看红包里有多少钱,我大致翻了翻看是500,然后你爸爸让我仔细地再翻一下,我这才发现,原来是520。

妈妈给我讲这件事情的时候,脸上泛着红晕,眼神都闪着光,羞涩得就如同刚谈恋爱时的小女孩,我还是第一次见到妈妈这样少女的一面。

其实,爱情还是需要掺杂浪漫在其中的,婚姻也是需要及时保鲜的,女人无论多大年纪,过了多少年婚姻生活,多多少少仍会怀有一颗少女心。

她们可以忍受枯燥的日复一日的生活,但是她们也需要一点儿小浪漫或者小情调给枯燥的生活增添些不一样的色彩,这样在爱情中的两个人才会越发契合,这样的婚姻生活才会越发持久醇香。

我听完妈妈如同小女生一般给我讲完爸爸猝不及防的浪漫之后,坐在副驾驶座上的我笑得乐不可支。

看来我还是不够了解爸爸这个大直男,真的是完全看不出来爸爸平时这么没情调的一个人竟然也会想着让妈妈浪漫一下,可能也怕我知道会说他,他竟然还要瞒着我,怕我知道。

说出来，不怕你们不信，爸爸从谈恋爱到结婚只送过妈妈一束玫瑰花，还是塑料的，谈恋爱的时候也不知道送个花，说说情话，只会买点蜜饯。

难道爸爸是想着妈妈吃了蜜饯，甜了嘴，再甜了心，然后任谁再追求都追求不走吗？总之，我也佩服他能把妈妈追到手。

说实话，我不知道的事情还有很多，原来爸爸不仅是直男而且还害羞，他给妈妈做的浪漫事细数起来也不少，只不过我也是后来听妈妈讲才知道。

5

爸爸一直都知道妈妈的婚纱梦，所以，接手大工程之后得到第一笔收入时，他就带着妈妈去补拍了婚纱照。

当时爸爸只告诉我带着妈妈出去有事，给我丢了钱自己解决午饭，很长一段时间我都不知道他们去干吗了，直到家里挂起了他们的婚纱照，我才弄明白是怎么回事。有的时候我都在想，他是怕我会在他们中间插一脚跟他们一起拍婚纱照吗？怎么可能！

◆ 你一个人过得好吗

真不知道爸爸是不忍心喂我狗粮,还是真的如直男般害羞,明明是自己也会制造不经意间的小浪漫,还要装成一副自己什么都不知道的样子。

在我来北京的这段日子,没有我这个电灯泡在家里,他们简直想怎么浪漫就怎么浪漫。

听妈妈在微信上跟我说,现在只要吃完晚饭没事,爸爸都吵着要带她去西湖边溜达,倒是妈妈懒得出去了,不过这顺了爸爸的意,不用每天都带着妈妈出去。

起初他提议的时候,妈妈还满怀欣喜往外跑呢,去的次数多了,也没有那股子新鲜劲儿了,还不如窝在家里,看一看无聊的电视剧。

两个人待在家里没事的时候,KK歌,也不用管唱歌的拍子在不在调上,两个人你一句、我一句,唱得那叫一个忘我,他们唱着歌还不忘微信给我发小视频,听见他们两个如同鬼哭狼嚎般的歌声,我立马关掉视频,自恋地打开自己的电台节目洗洗耳朵。

他们俩也因为有末末这只猫的存在,甚至都忽略了远在北京的儿子,有的时候我想末末了,让爸妈给我拍末末的照片,他们都不愿意,他们俩可能觉得有那时间还不如逗逗猫，大概末末是亲生的，爸妈也是相爱的，而我只是意外来到他们身边的。

一路走过二十多年的风风雨雨，我知道爸爸不是不爱妈妈，只是表达爱的方式比较隐晦，谁让他是个大直男，谁让妈妈深爱他这个大直男。

他们之间的一点一滴始终都在影响着我的爱情观，也让我曾经对爱情嗤之以鼻、不屑一顾的看法得以改观。

原来两个人相处久了之后，就算是走到了金婚，也依然会有爱情，柴米油盐是爱情，无论生活轰轰烈烈，还是终究趋于平淡；吵架拌嘴也是爱情，无论怎么争吵，彼此都知道吵不散的是对对方的爱意。

每段婚姻的经营方式不尽相同，但对于相爱的两个人来说，也许岁月的长河也会磨灭掉彼此当初的激情，不过，不管岁月如何变幻，他们依旧会对彼此保持着初见时的心动，依旧能把婚姻生活过成诗，过成自己想要的样子。

当然爱情是需要保鲜的，婚姻也是需要用心经营的，每天互道一声"晚安"，每天早上的一个早安吻，不仅能让女孩子觉得浪漫如初，也能成为让他们感情保鲜的防腐剂。

你一个人过得好吗

愿你我,最终都能遇见一个人,他的出现,比酒要好喝,比饭要好吃,比日月星辰要触手可及,即使走过了漫长的庸常岁月,在遇见这个人的日子里,便已是花开遍地……

末末不听话

常听我直播的听众可能知道，每次直播到一半就会有一只猫咪来敲我的门，而我这时候，会搁下直播去为它开门，每晚如此，不厌其烦。很多听众可能都习惯了，每天晚上我都要在直播途中溜出去给一只英短猫开门。这只猫就是末末。

末末大概三个月的时候从广州空运到杭州，头天晚上被送到机场，第二天下午两点才到。末末在笼子里没吃没喝待了一天，所以刚来我家的时候，状态很不好，对陌生环境很恐惧。像一个还没见过世面的孩子，对周遭的一切

你一个人过得好吗

都充满敌意。

现在末末满两岁了,我做直播也已经四年,新的听众都变成了老朋友,而老朋友,我不知道去了什么地方。

曾经和几年前的女友说过要一起养一只小动物,但是那个时候条件有限,所以这件事情一直压在心底。后来我的世界里来了一只无恶不作又懒又磨人的末末,她却走了。

所以即使末末再烦人,一到深夜就来拍我的门把我叫醒,沙发它要占一半,爱挑食,它心情不好的时候谁都不能惹它,谁摸它一下就跟谁凶……种种坏处,全身毛病,我嘴上说着要将它送人,但其实它是我最宝贝的。

不知道有没有这样一个传说,如果你长时间思念一个人时养了一只猫,这只猫就会越来越像你所想念的人。

如果没有这个传说,那我希望有。因为末末的脾气就越来越像她。

我曾发过一个话题征集,你最思念的人是谁?

看到一位听众给我发的邮件投稿,故事很感人,所以我加了他的微信。添加他微信更加主要的原因其实是他的故事跟我的故事在某些地方很像。

1

他叫同同,养了只金毛,是和女友弯弯一起养的。

大学的时候,同同和弯弯在校外租房子住。其实同同开始是对宠物的毛发过敏的,弯弯却一直想养一只金毛,但为了照顾到同同一碰到宠物就全身发痒的毛病,所以他们一直没养。

虽然学的不是一个专业,但他们俩每天一起起床上课,一起放学回家。偶尔同同做实验会晚一些,弯弯就在图书馆边看书边等他。

因为专业的性质和课程不同,弯弯越来越闲,同同越来越忙,所以弯弯在图书馆等他的时间越来越多。很多次图书馆都关门了,同同的实验还没有做完,所以弯弯就会一个人走很远的夜路回家。

那段路没有路灯,偶尔有几个人蹲在路边抽烟,烟头一明一暗,时不时地咳嗽一声。有一天晚上弯弯还是一个人回家,她走到那段路前,将包捂好,步子加快,想要快点回到家。走到一半,听到有人似乎在跟踪自己,弯弯不敢回头,只是步子越来越快,心也越跳越快。她边走边从包里掏出手机想给同同打电话求救。正在拨号码的时候，弯弯听到一声惨叫，弯弯一愣，当时魂都给吓没了，赶紧回头看一眼，原来什么人也没有，只是一条狗呼地跑到了自己的脚下，自己翻手机的时候不小心踢到了这个小家伙。

当时很黑，将弯弯吓得够呛，同同这时候在电话那头喊："怎么了弯弯，发生什么事了？"

弯弯看看周围，一个可疑的人影都没有，只有这个小家伙摇着尾巴吐出舌头笑嘻嘻地望着弯弯，弯弯跟电话那头心急如焚的同同说："没事，你先忙你的。"

弯弯蹲下来，看着小家伙："狗狗，你是饿了吗？"

小家伙："汪！"

弯弯也不管小家伙身上脏不脏了，伸出手摸摸它的脑袋："乖啊，姐姐有火腿肠。"

小家伙很友好："汪汪汪……"

弯弯笑了，眼睛笑得比月亮还好看："我不叫汪汪，我叫弯弯。"

弯弯从包里摸出剩半根的火腿肠，小家伙边吃边看着弯弯。弯弯问它："你叫什么名字呢？"小家伙听到这句话一愣，竟然吃着吃着呜咽了起来。

弯弯不知道是自言自语还是在跟小家伙说话："你是不是没有家啊？"说完声音就低沉了，"可是我也不能带你回家。"

小家伙吃完火腿肠之后，送弯弯走完了那段黑路，就转头跑回去消失在了黑暗里。它好像听懂了弯弯不能带它回家的话。

2

同同回家之后，关切地问弯弯刚刚在电话里发生了什么。弯弯没跟他说在路上遇到了一只很可爱的狗狗，否则同同会想把那只狗狗领回来。在养狗这件事情上，其实一直都是弯弯犟着说不养的。

弯弯只是说在路上不小心踩到水坑了。

同同将信将疑，然后一把将弯弯抱在怀里："弯弯，辛苦你了，等忙过这段时间就可以常陪你了。"

弯弯窝在同同怀里，一切的惊吓和危险都化作了温柔。

以后弯弯每次下课回家都会买两根火腿肠，夏天日落

你一个人过得好吗

比较晚，有时候弯弯路过的时候天还没有全黑。一人一狗就坐在夕阳下啃火腿肠，场面浪漫又感人。

小家伙已经脏到看不出颜色了，路人看到这场面，还以为是这狗主人不给小家伙洗澡呢。弯弯却不在乎，总是爱怜地摸小家伙的头，一摸小家伙就顺着手往前拱，两者都很享受彼此给予的温暖。

后来的每天晚上，小家伙都在那段路的开始等弯弯，两个背影啃完火腿肠刚好也将那段路走完了，然后小家伙一钻进黑暗又看不见了。弯弯走那段路不再害怕，因为小家伙走在弯弯旁边的时候总是仰着头，显得气宇轩昂、威风凛凛。谁一靠近弯弯，小家伙的喉咙就发出低吼的声音。所以弯弯甚至有些期待下课回家跟小家伙走那段路。有小家伙保护着自己，弯弯现在什么都不怕了。

不过后来还是被同同发现了，同同忙完了那阵子，当然就陪弯弯一起回家。最开始几天弯弯还瞒着同同，只是悄悄将火腿肠放在她跟小家伙约定好的地方。小家伙也很懂事，看到弯弯有同同陪着，它就站在别处远远地望着。等他们走远了，小家伙才走过来吃弯弯留下来的火腿肠。

同同跟弯弯回家后问:"为什么总有一只流浪狗在看着我们啊?"

弯弯依旧笑得很甜,长头发盖住脸,笑而不语。

同同拂开弯弯的头发转移话题,说:"这段日子真是辛苦你了,走了那么多天的黑路。如果有条狗陪你就好了。"

弯弯的眼睛一点点亮起来,像是看到了一丝希望,想借机告诉同同她跟小家伙的事情。不过同同又说:"以后就不需要啦,我陪着你就什么都不用怕了。"

3

后来他们毕业,两人都在读大学的城市找到了一份很好的工作,他们跨过了毕业分手这道坎,如今一起谋未来,让很多人都羡慕。

小家伙现在也不叫小家伙了,它已经长个儿了,睡觉有草坪当床单,星空当被子,下雨天就跑到雨地里撒欢加洗澡。弯弯偶尔会在雨后的阳光底下看到它,全身的毛金光闪闪,咧开嘴笑得很欢喜。弯弯跑到它身边,摸摸它背上丰盛的毛,它摇着尾巴,尾巴上一些细碎的水珠甩到弯

你一个人过得好吗

弯的脸上。弯弯笑着骂它，然后一人一狗就在草地上嬉戏。

弯弯突然抓住狗脖子："你咧开嘴笑得这么甜，不如就叫你笑笑吧。笑笑！"

"汪！"

弯弯叫一声笑笑，它就汪一声。

那时候弯弯不知道笑笑其实是只金毛。但别人知道了，他们发现一条很聪明的流浪狗长得越来越像金毛。有的人就起了歹心，想将它卖到别处，得到一个好价钱。

金毛性格温驯、单纯，遇到谁都以为是好人。

后来笑笑被人用食物一路勾引到了家门口，那人拿着食物走进门，将食物放到门槛上，笑笑却不动，呆呆地望着他，然后才低下头吃门槛上的东西，突然被那人一把抓住狗腿往屋里拉。笑笑被拖进家里才反应过来，挣扎了一会儿，牙齿咬到了他的手臂，被他狠狠地一拍，叫了两声就晕倒在地上。

也是很巧，同同这时候经过了他家的窗台。听到狗在挣扎叫唤，但是没太注意，回家跟弯弯唠家常一样谈起那只经常看到的流浪狗被人拖到家里去了，好像还在挨打。

弯弯眼泪控制不住地往下流，急切地问："笑笑怎么了，笑笑被人怎么了?"

同同一头雾水,还在想笑笑是谁的时候,弯弯哭着说:"笑笑就是那段时间保护我的狗。"

然后两人赶紧跑出去找到那户人家,敲开门出了一千块钱,那人才同意放了笑笑。

弯弯抱着笑笑,笑笑嘴里冒白泡,弯弯哭得不像样。

我问他怎么主角一直是那只金毛,他微信里一字一字地打过来:因为她很爱笑笑。

他说,陈末,你知道吗,一个人的喜欢也是会传染的,自从笑笑来到我家之后,我从来没有对宠物的毛发过敏。

我不是个会聊天的人,回复了一个抱抱的表情。

他接着说,爱情就像是一种抗体,能轻易治好自己。以前怎么也解决不了对宠物毛发过敏的毛病,现在这毛病竟然奇迹般地消失了。这不是爱情是什么?

我不知道爱情的力量到底有多大,只是末末我已经养了两年,两年的话,即使是一对新恋人应该也快结婚了吧。我却还没有放下她。

我和她之间没有第三者,非要有的话,想给分手找个借口,那就给命运安上第三者的标签吧。思念不是长夜奔袭,

◆ 你一个人过得好吗

只是我丢了那个为我夜奔的女孩儿。末末依偎在我脚边,它又耍赖似的跳在我电脑前,尾巴扫在我脸上。

我轻轻地说了一句:"真是拿你没办法。"

这句话不知道是对思念说的还是对末末说的。然后就任由它在我的世界翻腾。

4

笑笑被收留后,不再是别人口中的流浪狗、傻狗,而是她家的笑笑。

笑笑果然是一只金毛,那是带笑笑去宠物店的时候才知道的,但同同觉得即使就是一只中华田园犬也会宝贝它的。

笑笑成为这个家庭一分子之后,一家三口的生活幸福很多。

一个周末,同同需要去公司加班,早早地起床,轻手轻脚地洗漱,害怕吵醒弯弯。走之前给弯弯在煤气灶上热了早饭,蹑手蹑脚地就出门了。和很多个加班的周末一样。

最开始是笑笑察觉到有些不对劲,跑到床前又跳又叫,但是弯弯就是没有反应。笑笑急了，用爪子扒开门跑到邻居家求救。可是狗能听懂人说话，人不能听懂笑笑说什么啊。笑笑对着邻居狂吠又呜咽，邻居过了好久才明白是需要求助。跟着笑笑跑回家，一推开门才发现，是煤气中毒。赶紧开窗通风，报警、叫救护车，弯弯这时候已经深度昏迷。邻居忙得着急，忘记给同同打电话。

等同同赶到医院的时候，弯弯已经在急诊室里了。

同同跟我说，等弯弯出手术室的那段时间像是经历了一个世纪。

同同一遍遍地抓自己的头发，懊悔不已：我为什么没有将煤气阀门给关好，为什么，为什么要去加班，为什么？

抢救后的弯弯还是处于半昏迷的状态，同同看到虚弱的弯弯，眼泪充斥着眼眶，眼泪掉出来，一串串地掉到弯弯的手上。邻居看到这一幕，也不忍责怪同同，只是拍拍同同的肩膀，还好没出什么大事儿。邻居大概是转身的时候嘟囔了一句："现在的年轻人都太粗心了。"

等了一天，弯弯清醒很多，睁开眼就问同同，笑笑去哪儿了。

对啊，笑笑呢？

◆ 你一个人过得好吗

  弯弯叫同同赶紧回家看笑笑怎么样了。同同到家，开门锁的时候，笑笑听到开门声，用爪子使劲地拍门，喉咙发出呜咽的声音。门打开的时候，笑笑一愣，它还以为开门的是弯弯。围着同同转了两圈然后才跳到同同身上，仿佛在问：弯弯呢，弯弯怎么还没回来？

5

  出院后弯弯记忆力衰退得厉害，医生说这是经过一段"假愈期"后出现的迟发脑病。

  同同百度了一下，上面出现的结果字字诛心。弯弯未来的记忆力会像过山车一样时好时坏。弯弯不能工作了，在家休养着，状态好时会和同同一起出门遛遛狗。但更多的时候，弯弯的状态很差，时常叫不出笑笑的名字。但笑笑似乎特别懂事，总是能在弯弯需要它的时候及时出现。

  令事情出现转机的是弯弯的父母，不是因为她父母找来了好专家、好医生，而是弯弯的父母将她带走了。老两口将弯弯的病全部归咎于同同。将弯弯带走的时候，把同同骂得狗血淋头。

同同也根本没有任何借口和理由留下弯弯,只能留下全部自责独自承受。

同同抱着笑笑在阳台上看着弯弯上车离开,笑笑喉咙发出咕噜咕噜的声音,同同和笑笑的眼泪一串一串连着掉下来。弯弯全程表情呆滞地上车离开。在关上车门的那一瞬间,笑笑再也控制不住,冲出房间跑到街上,跟着车一路狂跑。同同在后面追,他自己都不知道是在追笑笑还是在追弯弯。

车跑远后,同同抱着笑笑哭:"不要追了,弯弯不会回来了。"

6

弯弯走后,笑笑再也没笑过,好像那个名字是只属于弯弯的,只有弯弯叫它笑笑它才会咧开嘴笑。

同同跟我说:"现在他不想再找爱人了。"

我问他:"那你对弯弯是爱还是愧疚?"

他回道:"只有笑笑才知道。"

我当时就想给他一拳,狗能知道什么?

你一个人过得好吗

狗什么都不知道，末末也什么都不知道。

它们只能看见，主人在房间里焦灼地踱步，愤怒地敲打自己的脑袋，一根接一根地抽烟，闷头喝酒，时不时地自言自语……

而末末这时候还会用我对它的容忍和宠溺一次次挑战我的底线，不是在我床上撒尿，就是打翻我的烟灰缸，主要是它做错事情之后没有丝毫内疚的意思，我真想给它一拳。

人生总有一场悲欢离合

1

今天抽空去了趟姨妈家。姨妈新烫了一个发型,显得年轻了不少,她还是那样亲切地拉着我的手说:"来了,鹏鹏,姨妈很想你,你看你姨父和你表哥他们都各忙各的,哪顾得上跟你姨妈说说话。"

我把外套脱掉,挂在门口玄关处,顺着姨妈手指的方向望去,姨父还如同往常一样坐在电脑旁打牌,哥哥在阳台上认真地看着书。

你一个人过得好吗

看到我走到客厅，姨父起身说："来，鹏鹏咱们来一起打牌，我已经输了好几局，你玩这个有运气，快来帮我，你哥都不爱玩这些。"

我连忙跟姨父应声道："好好好，一会儿咱们就灭灭他们的威风。"

听到客厅里的说话声，哥哥从阳台大步走进来，捶了一下我的胸口，说道："下午出去打球啊，可把我憋死了。"

说着我也给了他一拳，丢给他一个字"好"，这就是我们哥俩特有的打招呼方式。

打完招呼，我搬着凳子坐到了姨父身边帮他一起打牌，姨妈端来水果，不忘喂给认真打牌的姨父，还说他跟个长不大的孩子一样，打个牌那么认真干吗！

半小时下来，每一局我们都在紧要关头赢得了比赛，姨父爽朗的笑声在我耳边响起，望着大笑的姨父，我伸手刚想要告诉姨父脸上都起皱纹了，啪的一声，我一下子惊醒了，只见手机掉在了地上，才发现，这一切又是我做的梦，这些年我总是反复做同样一个梦。

我已经记不清自己做这样的梦多久了，梦里的一切真实得可怕，只是一次次地梦醒，一次次把我从梦里拉回现实，我连在梦里多贪图和姨父待在一起的时间都成了奢求。

2

关于姨父的记忆,定格在我二十岁,我一年一年地长大,姨父依旧是四十九岁,再也没有变过。

我脑海里始终挥之不去的是姨父被推进 ICU(重症加强护理病房)的那一幕,忘不了手术室外亮起的"手术中"的字,忘不了全家人在手术室外焦急地等待,而那几个字,寄托着我们全家人的希望。

我好希望那几个字早点暗掉,然后医生出来边摘掉口罩边跟我们说,手术很成功,患者只需要在医院调理几个月就好了。

可我又不希望它早点暗掉,毕竟生死攸关的手术,时间越长,生存下来的希望就越大,我不知道自己揪心地盯着手术室外的那几个字到底盯了多久……

我一直不敢相信这个事实,明明刚刚还在我身边哈哈大笑的人,怎么现在就躺在冷冰冰的手术室里了?

我想起了小时候,想起了我在姨妈家度过的难忘时光。

你一个人过得好吗

姨妈是我妈妈的亲姐姐，我跟表哥年龄没差多少，关系很好，小时候只要到了暑假我就会跑去他们家里住上一两个月。

因为姨妈姨父家在萧山乡下开纺织厂，而我们家在杭州城里面住着，一整年也只有暑假的时候才有时间跟表哥一起玩儿，所以，每次去姨妈家我都特别开心。

而姨父就会在盛夏 6 月的时候骑着摩托车带着我和表哥在乡下的小道上兜风。

在我儿时的印象里，我记得每次到了姨妈家，姨父都会笑眯眯地跟我说："鹏鹏来啦！"然后摸摸我的头。

姨父很喜欢我，那时我年龄也小，比较安静，不太调皮，表哥长我几岁，已经到了知道怎么玩的年纪。每次表哥闯了祸，姨父和姨妈都会批评表哥，让表哥多向我学习，不要总是跑去疯玩、闹腾。

每次暑假过后，从姨妈那里回家，姨妈姨父总会给我带一堆好吃的，以至于我一回到家，爸妈都会说我在姨妈家吃得脸都圆了。

3

后来长大些,表哥去了诸暨读高中,寄宿在学校,一年才回家几次,渐渐地,我去姨妈家的次数越来越少了。

暑假的时候姨妈还是会打电话问我,怎么不过来住一阵子了。因为表哥不在,我一个人去了姨妈家也没人跟我玩,只好回姨妈说等表哥回到家了我再过去。

有的时候经不起姨妈的盛情,我还是会像小时候那样,去姨妈家住一阵子,只是表哥不在,一个人在姨妈家又很无聊,总是住个三五天就回家了。

这些年,其实姨妈家的日子是越过越好的,从一开始负债上百万开纺织厂,到后来债务慢慢地还清,厂子的生意也越来越好,只是姨父好像没有以前那样开心了。

不知道从什么时候起,姨父吃饭时总是少不了要喝一瓶黄酒,记得之前吃饭的时候,姨父还会很有耐心地问我学习怎么样、爸妈最近好不好,现在话也越来越少。

有的时候姨父喝完酒会莫名其妙地训表哥,表哥也会跟喝过酒的姨父顶嘴,两个人说着说着就开始吵起了架,大概就是从那个时候开始,我觉得姨父变了。

◆ 你一个人过得好吗

　　我们家一直有一个传统,就是每到大年初三都会跑去绍兴的越王峥上香,所以,每逢过年,我从年三十开始都是住在表哥家里的,去上香的话基本都是一家派一个代表,我和表哥还有另外一个妹妹,当然姨父也会随我们同去。

　　记得我二十岁那一年,我们一起去上香的时候,走到一半儿姨父说头晕,表哥只好先扶着姨父在山腰间休息,最后在表哥和我的轮流搀扶下,姨父慢慢地走到了山顶的庙里。

　　也是从这一次开始,姨父经常会头晕心慌,甚至连车也不敢再开了。

　　姨妈及时带着姨父去医院进行了检查,医生只是开了些治疗抑郁症的药给姨父,但是具体是什么原因导致姨父经常性地头晕、心慌,一直都没有查出来。

　　那个时候,我猜想,可能是因为纺织厂的压力太大,加之姨父酗酒后跟表哥不断吵架产生了太多隔阂,长期积郁在姨父心中造成的。

　　这次治疗,姨父的头晕和心慌并没有得到缓解,之后,姨父就连平常讲话也越来越少了。

　　6月初,我的朋友给了我两张《中国新歌声》的录影门票，我想着去姨父家找表哥陪我一起去看。

到了姨妈家的时候，姨妈刚好从普陀山上香回来，把她带回来的当地特产分给我和表哥吃，姨父少有的放松，在客厅对着电脑打牌，姨妈会贴心地把吃的塞到姨父嘴里，还对着我跟表哥说："他跟个大小孩一样。"

我和表哥忍不住大笑，姨妈姨父也跟着我们一起大笑起来，那是个温馨的瞬间，但我再也感受不到这样的温馨了。

和姨妈一家三口一起吃完饭后，我跟表哥跑去看了《中国新歌声》，这顿看似平常的饭，却成了我们四个人最后一次一起吃饭。

4

我不知道盯着手术室外的灯盯了多久，可它依然亮着，我别开了头……

有些回忆就像是扎在你心中的刺，你拔不掉，也忍受不得它的隐隐刺痛，我不敢再接着回忆下去，不愿再次想起那段如噩梦般的日子。

可是，我是那么清楚地记得，6月14日，那一天杭州

你一个人过得好吗

像是有预知能力般下起了大雨,我在家抱着末末躺在沙发上玩手机,爸妈到晚上八点的时候还没有回来,我给爸爸打电话过去,他只说让我自己出门吃点饭,今天有点事情要晚点回来。

妈妈晚上十一点才回到家,开门的时候我一眼就看出来她的精神状态好像不太好,她一进门就拉着我的手说:"鹏鹏怎么办?鹏鹏怎么办?鹏鹏怎么办?"

妈妈一直对我重复这一句话,我疑惑地问她怎么了,她说姨父今天在医院查出来急性白血病了,医生已经下了病危通知书。

我一下子蒙住了,姨父平常是会出现头晕,怎么就是急性白血病了呢!我站在原地不停地问妈妈怎么会这样,一定是医院搞错了吧!

妈妈坐在沙发上给姨妈打电话,一边打一边哭了起来,我匆忙穿上衣服跟妈妈说:"我们去医院看看姨父到底怎么样了吧。"

到了浙一医院的时候,因为病人实在太多,病房都住满了,我看见姨父躺在医院走廊的病床上,手臂已经挂上了我叫不出名字的药水。

我望向病床上的姨父，精神看起来还不错，爸爸、舅舅和姨妈都坐在旁边，表哥因为厂里不能没人守着，下午的时候被姨父和姨妈赶了回去。

妈妈控制好自己的情绪，拉着姨妈的手安慰她说没事的，一定会好的。姨父躺在病床上说："我昨天晚上还在喝酒，没想到今天睡在病床上了。"

其实我知道姨父是个很胆小的人，不管厂里有什么事都要和姨妈商量，他这样讲只是想缓解一下气氛而已。

我和爸爸去楼下抽烟，我问爸爸情况怎么样，爸爸说，这个病撑过半个月就没事了，如果你姨父一直是这样的状态，应该问题不大。听了之后我这颗提到嗓子眼的心终于可以放一放了，不禁舒了一口气。

到了凌晨两点，我和妈妈准备回去，让爸爸留在医院里照顾姨父。

6月15日早上，我从家里带着换洗的衣物去医院给爸爸，看到这时表哥也在姨夫旁边陪着。

我听见表哥蹲在一旁拉着姨父的手说："家里厂里我会照看好的，等你这个病好了我一定谈恋爱，早点给你抱孙子。"

这时我看见姨父脸上是欣慰的，他们好像很久没有这么心平气和地讲过话了。

庆幸的是，舅舅说他已经问过医院，可以给姨父安排病房了。

我们都以为精神状态还不错的姨父等到住进病房后，再在医院治疗一个月应该就没什么问题了，病危通知书不过是一个有惊无险的插曲，从医院回去的那晚，我睡得非常安稳。

5

隔天早上九点多，我还睡在床上，准备今天好好休息一下，谁知道手机就响了，是爸爸，接起电话只听他说："鹏鹏你快来医院，你姨父不行了。"

挂了电话，我忙套上衣服裤子，袜子都没穿，从鞋柜里随便拿了一双鞋就跑下楼打车，我不知道为什么姨父的病情会突然恶化，也不知道接下来会怎么样，我只记得坐在车上我一根接着一根地抽烟，跟司机师傅说："开快一点儿，再开快一点儿，师傅。"

车子开得很快，大概师傅也知道是怎么回事，在医院门口停车，师傅说："快进去吧。"

医院里人很多，电梯要等十分钟，血液科的楼层在十六楼，我从一楼楼梯开始跑，一直跑到十六楼，因为我怕慢一点儿就见不到姨父最后一面了，打开楼梯门的时候我已经有点缺氧了。

姨父的病床边上围着好几个护士，还有医生，他们拿着电筒照着姨父的眼睛，不停地问姨父如果听到讲话就回答，可是姨父已经没有知觉了。

姨妈跪在地上号啕大哭，哥哥在旁边打电话，我在旁边不知道做什么，眼泪不听话地流下来。爸爸和其他亲戚在走廊讨论着姨父的病情，他刚刚已经去跟主治医师谈过了，医生说姨父的白细胞是正常人的十几倍，脑中也有大量出血点，没必要做手术，基本没什么希望了，即使是最好的情况，手术成功，姨父下半辈子也是植物人。

最后大家一致决定手术一定要动，哪怕将来成了植物人也要做这次手术。

开颅手术是要剃光头发的，我抬着姨父的头，护工一点一点地把姨父的头发剃光。

你一个人过得好吗

我从没见过姨父光头的样子,要是在以前我肯定会大笑怎么那么丑,但那时候只有眼泪不停地打在姨父的脸上,我抬着姨父头的时候,还听到姨父嘴巴不停地发出细微的声音,他的脚在抽动,可能他还是有知觉的,我想他一定很怕。

急诊室的走廊站满了姨父的亲戚朋友,几十个人,黑压压的一片。

时间走得很慢,姨妈坐在椅子上一直哭,妈妈一边哭一边安慰姨妈说:"姐姐,会没事的,手术做完就好了。"

姨父被推进 ICU 的时候,舅舅安慰姨妈说:"医生没找我们签字,就说明还有希望。"

我们靠着这一点儿希望在手术室门口焦急等待着医生给我们带来欣慰的消息。

6

我不知道盯着那盏手术信号灯盯了多久,妈妈突然推了我一下,灯灭了。

我回过神来,重新望向那一盏从明亮到黑寂的手术信号灯,这盏灯不知道是否会如愿给我们希望。

姨父的手术动了有五个多小时,我们着急地等待主刀医生出来。

医生走出来对大家说,虽然下了手术台,但是姨父现在的脑压是正常人的三倍,左眼瞳孔已经消失,右眼瞳孔放大,并且引发尿崩症,要做好最坏的准备。

绝望这样的感受,是真的要设身处地才能真实地体会到。

那晚家里的亲戚在医院对面的酒店开了几个房间,以备姨父有什么情况我们可以随时赶过去。

零点的时候,我和表哥跑去附近山上的庙门口跪拜,表哥对着庙门说:"如果真的有菩萨,请你们显灵救救我爸吧。"

看着表哥虔诚地祈求,我也双手合十,在心里祈求姨父可以渡过这个难关。

对于姨父的病症,我们无能为力,却又渴望做些什么来换取姨父的康复。

所以,我们对着神灵祈求,恳求神灵可以让姨父留在我们身边久一点,哪怕希望渺茫。

等我们回来已经深夜两点多了，表哥又去了一趟医院，他在ICU门口坐了一夜。

他发我消息说：如果有灵魂，我想带我爸回家。

第二天早上，医生最后一次找爸爸和舅舅谈话，说姨父的呼吸基本是靠人工维持着，其实没有意义了，不如停了吧。

如果一定要说哪一条路是我不愿走的，那便是从医院送姨父回家的这条路，医生和爸爸之间的对话，无疑是宣布了姨父的死亡，可是接受姨父治愈不了的事实却比想象中难很多。

包车，把姨父送回去，我们一群人去家里准备后事。

姨父到家的时候还插着两个氧气袋，算是留着最后一口气，把姨父放上床的时候，表哥忍痛亲手拔掉了插在姨父身上的氧气袋。

外婆和姨妈哭得那么凄惨，那种撕心裂肺的感觉全都卡在了嗓子里想一倾而泻。长这么大，我从来都没有见过她们这样哭泣过，我喊来姐姐扶着外婆走出去，外面的唢呐声震耳欲聋。

我不是第一次经历死亡，记得小学的时候爷爷去世我是没有什么感觉的，可能因为当时年龄太小，对于一个人的离世并不懂得意味着什么。

但是这次姨父的去世却让我感到无比痛苦，这种痛似疯草一样长在了心上，或许你表面波澜不惊，脸上没有表现出任何情绪，但只有自己知道是有多么痛不欲生。

而现实却是，你只能眼睁睁地看着亲人离你而去，不管做什么你都挽救不了。

如果时间可以倒回到每年暑假，可以倒回到姨妈给我打电话要我去他们家玩的时候，不管表哥有没有在家，我一定会一年不落地去他们家再住上一两个月。

可是，时间不能倒流，生命不可逆转，我们的人生没有那么多如果可以让我们陷入自己的遐想中。

说实话，我很后悔，我明明有那么多的时间可以选择陪在姨父身边，我却选择了不见。

可是这个世界上有很多事情是没法后悔的，你后悔没有挤出时间好好陪在亲人的身边，你后悔没有努力去考理想的大学，你后悔没有把握机会勇敢地去追求自己喜欢的人……

所以，为什么一定要让自己活在后悔当中呢？与其让

你一个人过得好吗

自己后悔，不如好好珍惜时不再来的此时此刻。

人生的一场悲欢离合，需要流尽多少亲人的眼泪，太多的难以割舍牵扯着我们的心，我们舍不得，我们还要继续生活。

余生我不求别的，只希望我们在这个世界上的时候，能好好珍惜我们的亲人，在能够陪伴他们的时间里好好陪在他们身边。其实，他们也不求别的，只盼望着想见你一面的时候，你就能够出现在他们眼前。

图书在版编目（CIP）数据

你一个人过得好吗 / 陈末著. —北京: 中国友谊出版公司, 2019.3
ISBN 978-7-5057-4610-7

Ⅰ.①你… Ⅱ.①陈… Ⅲ.①故事—作品集—中国—当代 Ⅳ.①I247.81

中国版本图书馆CIP数据核字（2019）第031195号

书名	你一个人过得好吗
作者	陈 末
出版	中国友谊出版公司
发行	中国友谊出版公司
经销	新华书店
印刷	河北鹏润印刷有限公司
规格	880×1230 毫米 32 开 7.75印张 118 千字
版次	2019 年 3 月第 1 版
印次	2019 年 3 月第 1 次印刷
书号	ISBN 978-7-5057-4610-7
定价	45.00元
地址	北京市朝阳区西坝河南里 17 号楼
邮编	100028
电话	（010）64678009

如发现图书质量问题，可联系调换。质量投诉电话：010-82069336